# 二度目(にどめ)まして異世界

登場人物
紹介
ささがわなおと
笹川直人
千紗のクラスメイト。
温和で優しい性格。勇者として
異世界に召喚され、王国から
魔王退治を言い渡された。
離れ離れになってしまった千紗
のことを気にかけている。
たていしちさ
立石千紗
高二。明るく前向きな女の子。
突然、同級生である直人の
異世界召喚に巻き込まれて
しまう。あることがきっかけで、
前世が魔王の娘であったこと
を思い出す。

ゴブくん
ホブゴブリンのリーダー。千紗の前世の友達で、良き話し相手。
魔王
千紗の前世での父親。魔物の王として恐れられているようだが……
ザイエン
魔王の側近。きりっとした美形で武闘派。
グレン
カスツール王国第四王子。高圧的な態度で、直人に接する。
おかみさん
シシュ村で宿屋を経営。気はいいが人の話を聞かない。

# プロローグ

「立石さん！　立石さん……しっかりして!!」

誰かの声に、私は目を覚ます。

真っ暗な世界で、指の一本も動かない。闇の中に倒れていた私はかろうじて目をあけた。

その視界に、一人の姿が映る。

「……笹川くん」

それは、心配そうに私を抱えるクラスメイトの笹川くんだった。

隣の席の彼と、まさかこんなところで会うとは。

こんなところというか――異世界で。

彼と私は今、魔物のうごめく異世界にいる。この世界で離ればなれになっていた私達だが、ようやく再会できたのだ。

というのも、彼――笹川直人は勇者として王国の魔法陣によって召喚されたらしい。

その召喚に一緒に巻き込まれたのが私――立石千紗だった。しかし私はなぜか別の場所、魔物の縄張りである魔の森のど真ん中に落とされたのだ。

「勇者以外がひっついてきたから捨てた」と召喚者は言っていたという。

ハゲろ、と私は心の底から思った。

魔の森に一人捨てられた私の武器は教科書入りの鞄で、防具は制服のみ。

あっ、死んだわ、これ、と思った私が何とか切り抜けて生き延びている理由はただ一つ。

私は、この世界に見覚えがあった。

かつてこの世界で生きていたのだ。勇者として召喚された笹川くんが、倒さなければいけない相手、魔王の――ひとり娘として。

# 第一章　日本の私と彼

冒頭より、時間を少し戻して、日本。

高校二年の夏休み明け。二学期になってすぐ席替えがあり、私の隣の席になったのは笹川くんだった。

「立石さん、よろしく」

そう言って柔らかく笑う彼とは、あまり話したことがなかったことに気づく。

「笹川くん、初隣だね。よろしく！」

私が笑うと彼はその目をより細くした。

笹川くんは少し茶色がかった柔らかな髪の毛に、焦げ茶色の目をしている。身長は結構高い。彼が、両手がふさがっている子のために扉をさりげなくあけてあげたり、みんなが嫌がる委員を代わってあげたりするところを見て、良い人だなぁと思っていた。

顔立ちも整っていて成績も運動神経も良いので「どうせモテモテだろう！　このイケメンが」と言うと、いやいやホント、俺はモテないから！　と苦笑しながら返されたことがある。

実際、笹川くんに表だって告白する女子はあまり見ない。彼自身が発する雰囲気のせいか、誰にでも優しいと思われてしまうようだ。

私の友達の佐々木舞子は、「あれは実はモテていることに気づいていないタイプ」と断言していた。

そういう舞子自身も美人で、先輩にも後輩にも人気がある。私は度々「佐々木さんのメアドを教えて……」と聞かれるが、「舞子に直接お願いします」とスルーする日々だ。


席替えから数日経ったある日、朝からずっと寝ていた私は隣の笹川くんに話しかけた。

「……笹川くん、HRだと思いきやもう二時間目の休み時間だった。時空を超えたよ」

「おはよう立石さん。さっきの授業のノートいる？」

「ありがとうございます」

ぺこりと頭を下げて私は彼のノートを受け取った。すると机の脇にかけた彼の鞄から、リンという小さな鈴の音が聞こえる。私は特にそれを気にすることもなく、ノートに向き直る。

せっせと休み時間に笹川くんのノートを写していると、彼は少しだけ眠そうにあくびをした。

「笹川くん、睡眠不足？」

「うーん……最近寝つきが悪いというか、変な夢を見るんだよね……」

「夢って？」

彼は少しだけ考え込んで、頬を赤くする。

「……いや、内緒」

「……なるほど」

言えない類のやつか、と私は微笑んでスルーをしてあげた。しかし私の菩薩の微笑みを見た笹川くんからクレームが入る。

「ちょっと待った、立石さん。なんか変な誤解をされている気がするんだけど！」

「誤解なんてしてないよ、聞いちゃいけないやつなんだよね？」

「違うって！　その……変な世界から呼び声が聞こえるだけで」

言った直後に笹川くんは頭を抱えた。やはり聞いてはいけないやつだった、と私が思ったことを察したのだろう。

どんな変な世界かはあえて尋ねない優しい私を、笹川くんは半眼で睨む。

「……ノート返して、立石さん」

「違うってことを信じているから大丈夫だよ、笹川くん！」

私は慌ててノートを書き写す手を速めた。彼は苦笑している。

「……最近、その呼び声が少しずつ近くなってきていて、寝不足なだけ」

ぽそり、と彼の言葉が聞こえたが、私はノートを写すのに一生懸命でそれ以上の反応はできなかった。


その日の放課後。

「あれ？」

「どうしたの？　千紗」

いつものように舞子と帰ろうとした時、私は隣の席の下に光るものがあることに気づいた。

鈴のついた小さな鍵だ。拾い上げるとリンと音がする。どこかで聞いた音に、私は首を傾げて呟く。

「笹川くんのかな？」

彼はつい先ほど教室を出たばかりだ。自転車通学だし、彼が自転車置き場に着くまでには追いつけるだろう、と思った私は舞子に声をかける。

「笹川くんの鍵だと思うから、渡してくるね。舞子」

「んー、じゃあ昇降口で待ってる。いってらっしゃーい」

スマホをいじりながら手を振る舞子に頷いて、私は鞄を持って廊下に出て走る。

リン、リリンと手にした鍵の鈴が震えて音を立てた。

「笹川くん！」

「あれ、立石さん？」

結局廊下では追いつかず、私は自転車置き場で彼を発見した。そこには笹川くん一人だった。校庭や体育館から、部活に精を出す人達の活気ある声が聞こえてくる。

「忘れものだよー！」

私が鍵を掲げつつ駆け寄ると、彼は目を瞬かせた。そして、鞄を探って得心したように笑みを浮かべる。

「わざわざありがとう」

差し出した彼の手に、私は鈴のついた鍵をのせる。鈴は再度リンと可愛らしい音を立てた。

「俺、よく小物とかなくすから鈴をつけているんだけど、それでも気づかないことがあってさ」

苦笑する笹川くんを勇気づけるように、私は拳を握って力説する。

「大丈夫、私なんか家の鍵を三回なくしてから、もう鍵を持たせてもらってないから！」

「それ大丈夫じゃないよね!?」

「ないものはなくしようがないし、逆転の発想だよね！」

「逆転の発想……なのか？」

自問めいた言葉を漏らしつつ、笹川くんは受け取った鍵を何気なく手で回した。

その瞬間。

リーン、リリーン。

鈴が鳴る。先ほどまでの可愛らしい音ではなく、透き通るような響きわたる音で。

驚いた笹川くんが鍵をとり落として地面に転がってもなお、鈴は鳴り響いていた。

リリリ、リーン。

まるで何かを呼んでいるようにも聞こえる。驚いて固まった笹川くんの足元に突然、ぽつん、と黒い輪ができた。それは見慣れない文様を描きながらどんどんと広がっていく。

「な……何っ……？」

驚く笹川くんの声が、水を通した時みたいにくぐもって聞こえる。そしてその文様は広がり続け、私の足元へ迫った。

「立……さ……逃……」

かすかに聞こえる笹川くんの声に、私は逃げようと下がる。

しかし溢れ出る水のように勢いよく黒い輪は私の足元まで広がり、次の瞬間、文様が消えて地面が真っ黒になった。

底なし沼みたいなその黒い闇は、見る間に笹川くんと私を呑み込んだ。

私は小さく悲鳴をあげたが、それすら闇の中に消えてしまう。

深い深い闇の底へ落ちていく。

視界を覆う黒い闇の中で、どこか懐かしい風が頬を撫でていった。


どすん、と私は地面にしりもちをつく。

長い長い落下の末だ。激しく叩きつけられたかと思いきや、ダメージは少ない。お尻が少し痛いくらいだ。

衝撃に備えて瞑っていた目をおそるおそるあけると、私の周りは真っ暗だった。

「うっそぉ……」

呆然と私は呟く。見上げると、木々と真っ暗な空が広がっている。少し肌寒い。

「さっきまで、夕方くらいだった、よね……？」

私が時計を見ると午後四時半から針が動かない。どうやらその時間で止まっているようだ。

日が完全に落ちた森の中で、私は座り込んでいた。周りを見回しても、人っ子一人いない。私の鞄が転がっているだけだ。

「笹川くん、は……？」

いない。ひとりぼっちらしい。途端に心細さが増す。

私は隣にある木に手を当てて立ち上がった。木には蔓が絡まっており、そこに赤い実がいくつか実っている。

遠くから、ホーホー、というフクロウのような鳴き声や、チリリリという虫の音が聞こえた。

周りを木に囲まれていて、獣道もない。私はどうしたらいいのか分からず、立ちすくんだ。

「……どうしよう」

選択肢は三つある。

一つ。今すぐここから動く。人里か何かの灯りが見つかれば、それを目指して森を抜けられるかもしれない。

二つ。夜中に森を歩くのは危険なので、朝になるまでここでじっとしている。明るくなったら人か町を探しに行く。

三つ。夢だ。寝よう。

「……三だな」

私は即座に三を選択する。

ここに布団と毛布があれば、くるまって寝る覚悟はあった。蚊にさされてもいい。現実逃避したい。

だが、そんな私の心の逃亡は叶わなかった。

呆然と立ち尽くしていた私の耳に、ある声が聞こえてくる。

ホーホー。ホーホホー。

鳥かと思ったが、違うようだ。歌うようなその声は、どんどんと増えていった。ちらり、ちらりと木の間から何かが見える。月明かりで、木々の間に金色に光る目と小柄な姿が浮かび上がった。

頭に二つ生えた角。緑の肌。金色の目。鋭い牙。小学生ほどの大きさの——小鬼。

「っ！　ホブゴブリン!?」

小さく叫んでから「ん？」と私は首を傾(かし)げた。

思わず口から出てしまったが、なぜ私はそう叫んだのか。彼らが名乗ったわけでもないのに。

すると、小鬼の中で一回り大きな——といっても私の腰くらいの大きさの小鬼が口を開く。

「よく分かったな。俺らはホブゴブリンだ」

私の言葉に反応したのか、名乗ってきた。しかも当たっていたようである。

私は一番近い木に隠れるように身を寄せて、彼を見た。

爛々(らんらん)と光る金の目は、決して友好的ではない。背後からもホーホーという声が聞こえ、どうやらホブゴブリンに囲まれてしまったらしいということが分かる。

目の前のホブゴブリンが私に向かって言った。

「よくまあ堂々と侵入してきたな、ニンゲンめ」

「侵入しようとしてきたわけじゃなくて、むしろ迷子というかね！」

慌てて弁明して後ずさりしたが、周りをホブゴブリンに囲まれているためそれ以上下がれず、私は鞄を抱きしめる。

武器：鞄（教科書数冊のため薄い）。

防具：制服（夏服なので生地は薄めだが、冬服でも防御力的にはアウトだと思う）。

逃走力：短距離走はクラスで二十八番目（全四十人中の微妙な位置）。

あっ、無理だ。死んだわ、これ。

即座に私は死を覚悟した。

遠い目をした私の視界に、ちらりと赤いものが映る。

身を寄せた木に絡まった蔓には、拳ほどの大きさの赤い実がぶら下がっていた。

「……」

その赤い実を見ていると、何かを思い出せそうで思い出せないむずがゆさが私の中にわき起こる。

しかし、じっくり考える余裕はなかった。ホブゴブリンの囲みはどんどんと狭まってきている。

私が目の前の赤い実をむしり取ると、周囲のホブゴブリンの足が一瞬止まった。

私が実に指をつっこむ動作を見せると、彼らは驚いたようで、周りの囲みが少しだけ広がっていく。

脳裏に赤い実の名前が浮かぶ。

「アガラの実はたしか、こうやって種を……」

ぶつぶつと呟（つぶや）きながら、私は実から抜き出した種をぶんぶん振る。

この赤い実。じつは、ホブゴブリンにとって鼻がひんまがるほどに異臭を放つ種が中に入っている。

しかも種を振った後、実に戻して投げると爆発して匂いが広がるため、ホブゴブリンが超嫌がる……と誰かが言っていた。それが誰だかは思い出せないけれど……

そんな私の仕草を見て、周りの囲みが一気に崩れる。

「逃げろ！」とか「アガラの実が！」とか「何でニンゲンがそれを！」とかいろんな叫び声が聞こえた。

私は実に種を戻し、周囲に向き直る。もはや残っているのは、ボスらしき一匹のホブゴブリンしかいない。

彼の目が動揺のせいか勢いよく左右に揺れている。逃げるべきか否か迷っているようだった。

「くそ！　ニ、ニンゲンなんかにー！」

彼が向かってくる直前に、私はその実を思いっきり地面に投げつける。

「てーい！」

「ぎゃーーーーー!!」

地面に叩きつけられた真っ赤な実が爆発した。どこか充実感を覚えて、私は笑顔でその爆発を見守る。トマトのような酸味のある匂いが周囲に広がっていく。

私の制服も、爆発で飛びちった実のせいでべっとり赤くなっていた。正直失敗した、と一瞬感じる。

しかし彼ほどのダメージではないだろうなあ、と地面に転がってひくひくと気絶しているホブゴブリンのボスを見て私は思った。


「……はっ⁉」

転がったホブゴブリンが、目を覚ます。彼は身を起こそうとするが、体をぐるぐると蔓で縛られており、身動きがとれないようだ。

人間とは比べものにならない腕力を持つホブゴブリンが、その蔓を破壊することは決して難しくないということを、なぜか私は知っていた。

そこに、邪魔をするものがないかぎり。

「やあ、おはよう」

さわやかに私は話しかけてみた。途端にそのホブゴブリンの顔が引きつる。

少し離れて正座している私に向かって、地面に転がったホブゴブリンは叫んだ。

「ニンゲン！　お前、覚えてろ！」

「ノーノー、アイム平和主義！　争い反対！」

私は慌てて両手を振って叫んだ。しかし彼の怒りは収まらなかった。

「何が平和主義だ！　俺の上にのってるアガラの実は何だ⁉」

縛られた彼の体の上には、丸くて赤い実がちょこんとのっている。彼が暴れたり起き上がったりしたならば、間違いなくそこから落ちて破裂するだろう。

「ちなみに、すでに種を抜いて振って、実の中に戻してあります」

「ぎゃー！　魔王さま‼」

彼の心からの嘆き(なげ)の叫びは、「オーマイゴッド！」に似た響きがあった。

なむなむ、と平和主義者の私は手を合わせる。

平和主義なので戦いたくない。よって彼の上にアガラの実をのせておいたのだ。この完璧な理論を褒めてほしいくらいである。

まるで腹の上に爆弾がのっているかのように、彼は身動きがとれずに固まっていた。

「ただでさえ鼻が馬鹿になりそうなのに、これ以上アガラの実が破裂したら死んでしまう……」

しくしくと嘆く(なげ)彼に、私は尋ねる。

「あーごめんごめん。それはそれとして、ここどこ？」

「何がそれはそれとして、だ！」

私の軽い謝罪に、彼は非難するように私をじろりと睨(にら)んだ。

「勝手に魔の森に入り込んでおいて、どういう言いぐさだ！　ニンゲン！」

「魔の、森……？」

「そーだよ！　魔の森、魔王領側！　シシュ村の近く！」

魔の森。魔王領。シシュ村。彼の言葉は、ここが地球のどの場所でもないことを示していた。

「てっきり王国のニンゲンが、勇者召喚のついでに魔の森に偵察に来たのかと思ったら……何でこんなちんちくりんな娘が」

「へ⁉」

聞き捨てならない言葉を聞いて、驚く。

「今、何て言った⁉」

「何だ、ちんちくりん！」

「そこも後でじっくり話し合うとして、その前！」

「……勇者召喚？」

「それ！」

後での話し合いでは、アガラの実が私の片手に握られていることは間違いないとして、勇者召喚のことがすごく気になる。

ホブゴブリンは私に向かって繰り返した。

「……王国が勇者を召喚するって話だが、それがどうかしたか？」

私は駐輪場で見た不思議な文様を思い出しながら、持っていたノートに大きく描いた。

「それって、こんな感じの文様と関係ある⁉」

彼はじろりと私を睨む。

「……答えたら、アガラの実をどかすか？」

「うん、どかすどかす！」

「……本当かよ」

軽く答える私を、再びじとっと半眼で睨むホブゴブリン。やがて渋々といった様子で私が手に持ったノートを見て、頷いた。

「……王国魔術に使われる魔法陣だな」

「おうこくまじゅつ」

復唱する私に、彼は続けて言う。

「今日、その王国魔術で勇者が召喚されるって聞いた。……魔王さまを倒すための、勇者が」

「勇者。……勇者!?」

なぜかふっと、笹川くんの困ったような笑顔が、私の脳裏に浮かんだ。

＊＊＊

同日。王城にて。

笹川直人は、混乱していた。

学校の自転車置き場で、突然闇のような真っ暗な地面に吸い込まれた。どこまでも続くと思った闇に一筋の光が走り、浮遊感が止まった瞬間――気づけば直人の足元に地面があった。

いつの間にか閉じていた目をあけると、彼の目の前に広がる光景は信じられないものだった。

「よくぞやった！　召喚成功だな！」

直人の前に現れたのは、巨体を震わせて笑う五十代の中年男性で、頭には王冠を被っている。

直人は目を瞬かせて周囲を見回す。

「こ……ここは……？」

そこは巨大なドーム状の部屋だった。

円形の広いホールの中に、直人と対面する形で椅子に座っているのが、先ほどの巨体の男性だ。

その脇に長身の金髪の青年がいて、少し離れたところには剣を持った男達が控えている。さらにホールの壁に沿って白いローブを着た人達がひざまずいている姿も見えた。

「ここはカスツール国だ、勇者よ」

「……勇者⁉」

直人はただオウム返しに男の告げた言葉を繰り返した。

現状が理解できない。

「うむ。そなたは我が国の求めに応じ、異世界より現れた勇者である」

王冠を被った男は鷹揚に頷く。

「余はカスツール国王、エルゼン・カスツールである。そなたに救国の栄誉を与えんがため、王国秘伝の召喚の術を行った。魔王を倒すのだ、勇者よ」

直人は何度も目を瞬かせた後に、自分の足元に広がる文様を見て小さく息を呑んだ。

「これは……自転車置き場で……」

そしてハッと気づく。

自転車置き場で足元にこの文様が現れた時、その黒い闇の中に呑み込まれたのは、自分一人ではなかったことを。

「……立石さん……立石さんは⁉」

しかし周りを見回しても彼女はいない。さっと直人の血の気が引いていく。

「一緒に、立石さんがいたはずです！　どこに⁉」

彼の叫びを押しつぶすように、王の太い声がした。

「落ち着くのだ、勇者よ。異世界より、勇者の能力を持つものを呼び出した我が国の偉大なる魔術。本来ならば勇者一人を呼び出すはずが、不思議と余計なものがついてきたようだな」

「余計なものなんかじゃない！　立石さんはどこですか！」

睨みつける直人に、不機嫌そうにエルゼン王はちらりと左右に視線を送る。

王の視線を受けて左右の警備兵らしき男達が数人ほど、前に進み出てきた。

警戒する直人との距離を詰めた一人が彼の腕を捕らえ、そのまま地面へと組み敷く。

「っ……何をするつもりですか！」

警戒心溢れる直人の言葉に、王は薄く笑う。

「なに、立場をわきまえるよう教えてやろうというのだ。異世界からの勇者は、空間を超える際に巨大な力を得ることができるらしい。だが、勇者は一人で良い。二人もいらぬのだ。分かるな？」

「……分かるわけがないでしょう！」

睨んだままの直人に、傲然と王は言い放った。

「よって、余計なものは、途中で召喚を中断した。おそらく時空の狭間に落ち、身動きもとれずもがき苦しんでいるだろう」

「立石さん……！」

何て、ひどいことを。ただ偶然、自分といたせいで。

エルゼン王の言葉に、直人の怒りの視線は強くなる。

「しかし勇者よ。もしそなたが――」

にやり、と王は笑う。この無礼な小僧の心を折ってやろうとばかりに。

「余の命ずるまま魔王を倒すのならば、時空の狭間にいるそやつを再召喚してやっても良いぞ」

床に額を押しつけ、ぎゅう、と直人は唇を噛みしめた。

＊＊＊

その頃、身動きもとれずもがき苦しんでいる――ホブゴブリンと、私は親交を深めていた。

「そんなわけで私は困っちゃっているんだよねぇ」

「俺はお前に困っちゃってるんだが！」

転がったままの彼は盛大なブーイングを私に送ってくる。

「アガラの実、ちゃんととったよ？」

情報と引き換えに、彼の上に置いたアガラの実は私の手の中に収まっていた。

「じゃあこれは何だ！」

しかし彼の上には、またアガラの実がちょこんと置いてある。

「とるとは言ったけど、再度置かないとは言ってない」

二個目のアガラの実をそっと彼の上に置いた私は、きっぱりと言い切った。

彼は横になったまま、しくしくと嘆きはじめてしまう。

「だからニンゲンは嫌いなんだよ……。嘘ばっかりつきやがって……。そうだ!!」

彼は再度、私を睨んで叫んだ。

「お前、このこと誰に聞いたんだよ！」

「このこと？」

「魔の森にしか生えないアガラの実の爆発のさせ方なんて、今までニンゲンは知らなかっただろ！」

「……」

「しかもそれが、俺達ホブゴブリンの大嫌いな匂いがするなんて知られてなかったはずだ！　誰に聞いた⁉」

誰……誰に？

そう改めて言われ、考える。誰かにこれを教わったのはたしかだ。

両親……近所のお姉さん……いや、違うな。もっと何かこう、ずっと昔に……誰だったんだろう。

思い出せそうで思い出せない、もやっとした感じがする。

「もしかして……姫さまに会ったのか⁉　そんで聞いたのか⁉　そうなんだろ⁉」

怒っているような彼の目に、うっすらと滲むものが見えた。金色の目はキラキラと、月明かりを反射して光っている。

私は戸惑いつつ、聞き返す。

「姫さま、って誰？」

「魔王さまの一人娘で、王国のニンゲンが——殺した姫さまのことだよ！」

彼の叫びは、悲痛な嘆きに染まっていた。


——時は今より三百年ほど前。

この大陸の東の大部分を占めるのは、当時もっとも勢いのあるカスツール王国であった。

その国の王は、西に広がる魔王の支配地をどうにか我がものにできないか考えていたという。

人と、魔物。

共存できないもの同士、魔の森と呼ばれる大きな森を境に東西へ分かれ、お互い侵食することなくやってきた。時に人が森へと迷い込むことがあったが、攻撃されない限り魔物は人に手出しをすることなく、人もまた魔の森を避けて暮らしていたのである。

ある時、王は魔王の支配地を狙い、森を切り開こうとした。森へ入り込んだ兵士達は、あるものは森に生える幻覚草に惑い、またあるものは魔物に手を出してその命を散らしてしまう。

魔王の仕業だと思った兵士達は、後込みしたり逃げ出したりしていった。

「憎らしい、魔王め。我らに力があるのであれば、倒してやるものを」

王はそう呟き、魔王を倒すための召喚魔法陣の研究を急がせたり、魔王領の様子を知るものに内部を語らせたりした。

そのうち、王は一人の存在を知ることになる。

魔王の姫シルビア。銀色の髪と透き通るような白い肌の美しい姫だ。魔王が慈しみ、玉のように大事にしている娘であった。

王はその娘に目をつけた。魔王を倒すための手段として捕らえようとしたのだ。

様々な策を弄し、王は魔王の姫をさらおうとした。

ついに王とその兵士達は姫を崖に追いつめる。逃げようとしたシルビアは崖から足を滑らせた。

銀の髪が空に舞い、若く美しい魔物の姫は崖下に命を散らしたという。


――ぽつりぽつりと、ホブゴブリンは語る。

「姫さまが亡くなられた時、すぐに駆けつけた魔王さまの様子は……それはもう、ひどいものだった。天は裂け、地は震え、魔王さまは血の涙を流して嘆き叫んでいたという。魔王さまの落とした剣を拾った王が切りかかったが、魔王さまはそれを一蹴して、姫さまを大事に抱えて城へと戻ったらしい」

彼は目を伏せた。

「魔王さまはそれから、姿を現してくださらない。姫さまもだ。だけど、姫さまはきっとどこかで生きているって、俺は信じている。姫さまが死んだなんて絶対に認めない」

私は彼に問いかける。

「ホブくんと姫さまは、仲良しだったの？」

「おい、勝手に名前つけんな！」

ホブゴブリンのホブくん。いいではないか。分かりやすくて。

そう思う私に、彼はむっとした表情で言う。

「姫さまは、俺達と仲良くしてくれたからな。ゴブリンのゴブくん、なんてお前と同じくらい名づけの才能はなかったけど」

えーと、仲良い……んだよね？

さりげなく私も一緒にディスられたが、その姫さまのことを、ホブくん、もといゴブくんは大好きだったようだ。

姫さま、と呼ぶ時だけ彼の目が少し優しくなる。

「だから俺は、ゴブリンからホブゴブリンに進化しても、ずっとゴブくんでいいんだよ。姫さまの名づけてくれた名前のままでいたいんだ。二度とホブくんなんて呼ぶな！」

「……うん、分かった。ゴブくん」

「気安く名前で呼んで良いとも言ってないぞ！　ニンゲン！」

ゴブくんはぐるる、と威嚇の声を漏らす。まるで毛を逆立てた猫のようである。

だが、彼の気持ちも分かるため、私は素直に「ごめんなさい」と謝った。

私が謝ったことで気が済んだのか、彼はふんと鼻を鳴らす。

「で、ニンゲン」

「立石千紗だよ。ゴブくん」

「ヘコたれねぇな、ニンゲン！　あと変な名前だな！」

「変？」

「語感が変なんだよ、この世界で聞いたことがない」

そう言われて、なるほどと私は納得した。

異世界なので言葉の仕組みが違うのだろうか。そのわりにゴブくんと会話は通じてはいるが。

「……で、お前どこかで、姫さまに会ったんだよな？」

ゴブくんに尋ねられ、私は黙り込む。

誰かに、アガラの実のことを聞いたのはたしかなのだ。でもその誰かが分からない。

「……ごめん、思い出せない」

私の言葉に、ゴブくんは複雑な表情をした。ホッとしたようでもあったし、がっかりしたようでもあった。

姫と会ってないと否定されなかったことに安堵しながらも、姫についての情報を得ることができず気落ちしたのだろう。

「……アガラの実、どかせよ。もう襲ったりしないから」

「……」

私は黙って彼の上に置いたアガラの実を手にとる。

彼はよっこらせ、と身を起こすと自分の体に巻きついた蔓(つる)を引きちぎった。

私は鞄からハンカチをとり出すと、種を抜いて二個のアガラの実をそれにくるむ。

ゴブくんはひやひやした様子でそれを見ていたが、私がハンカチにくるみ終わると、あぐらをかいて私の目をひたりと見据えた。

「ニンゲン。アガラの実のこと、誰かに聞いたんだよな？」

「うん」

それはたしかだ。誰かに聞いた、そのことはおぼろげに覚えている。

「で、それが誰だか、覚えてないんだよな？」

「うん、ごめん」

いつ、どこで、誰に。不思議なことにそれらをすべて忘れてしまっている。教えてくれた人の顔はぼんやりとしていて、思い出せない。

しばらく私を見据えていたゴブくんは、嘘をついてはいないと判断したのか、息をつく。

そして自分の頭に生えた角に手をやり……ぽきりとそれを折った。

「……これ、持ってけ」

「えっ、えっ⁉」

ゴブくんに差し出されたその角は、白く輝いている。

「その角は、俺のもう一本の角と対になっている。お前がもし何かを思い出したら、これで呼んでくれ。代わりに安全なニンゲンの村の近くまで送ってやるから」

彼は角を私の手の平に置いた。その角は思ったより軽く小さい。

私はそれを制服のスカートのポケットに入れると、頷いた。

「うん、分かった。……ありがとう」

森の中から脱出する道を知らない私にとっては、ありがたい申し出である。

ゴブくんに促されて私は立ち上がった。月明かりに照らされた山道を、転ばないように気をつけて彼の後を歩く。

ほう、と私は息をはいた。

命の危険はどうにか回避したが、問題は山積みだ。

でも、一番の問題は――どうやって元の世界に戻ればいいのか、だろう。

そう思ったところで、私と同じように魔法陣に沈んだクラスメイトの姿を思い出した。

「笹川くん……」

死なばもろとも、旅は道連れ、一蓮托生。いろいろな格言が思い浮かんでは消える。一部不適切なものがあった気もするが気にしない。

もし彼もまたこの世界に来ているのならば、同じく森の中にいるのかもしれない。

「ねぇゴブくん。この辺に私と同じように、男の人が転がっていなかった？」

「お前以外のニンゲンの匂いはしなかった」

私の質問に、あっさりとゴブくんは首を横に振った。私はがっかりして大きなため息をつく。

「そっかぁ……」

彼はここではないどこかにいるのだろうか。一体、どこに。

そんなことを考えつつ森を歩き続けていると、喉が渇いてきた。私は鞄からアガラの実をとり出す。たしかこの実は食べられる気がした。

口に運ぶと、トマトとスイカがあわさったようなさっぱりした味がする。

「……よく喰うな、そんな臭いの……」

私を見ながらどん引きの表情でゴブくんは言う。

世界で一番臭い食べ物といわれてる、ニシンの塩漬けがある。たぶんそれを食べている人を見るかのような状態なのだろう。おいしいのに。

「だってお腹すいたし、喉渇いたし……」

「……喰うか？」

ゴブくんが何だかよく分からない肉を差し出してくる。

「ありがとう。うん、でもいらない」

ご厚意だけありがたく頂きつつ、私は断固として断った。

「変な肉じゃねーよ、ドラワームだよ」

「ありがとうありがとう。重ねてお断り申し上げます」

ドラワームは馬ほどの大きさのミミズのような魔物である。何の肉か分かった上で、再度私は心からお断り申し上げた。

チッと舌打ちしつつ、ゴブくんはそれをむっしゃむっしゃと食べだす。今度は私がどん引きの表情でそれを見る番であった。

人間とホブゴブリンの分かり合えない境界線が見えた気がする。

次に彼は袋から小さな緑の果実のようなものを出した。

「これはマリップルな」

「あ、それは食べる」

木の根に生える丸い青リンゴみたいなものをもらって、お互いもしゃもしゃと食べる。分かり合えた気がした。

しかしドラワームにしてもマリップルにしても名前を聞くと、ぱっとその姿が想像できるのだが、これは何なんだろうなぁ。

私は首を傾げたが、便利なのでまあいいか、と気にしないことにした。

ゴブくんと私はもしゃもしゃとマリップルを口にしつつ、獣道をかき分けながら進んだ。

どうやら私は魔の森のど真ん中に落ちたようで、人のいる集落は思いのほか遠い。あとどれくらいかとゴブくんに尋ねると、彼は首を傾げて考え込んだ。

「シシュ村はたぶん、もうしばらくかかるな。村に着いたら身を寄せる場所はあるのか?」

ゴブくんの言葉に私はうーんと悩む。

「とりあえず王国に向かおうと思っているんだけど、その村からはどう行けばいいかな?」

森の中に笹川くんが転がっていなかったらしいので、もしかして勇者は……という気持ちがぬぐえない。だから勇者が召喚されたという、王国へと向かおうと思う。

「王国なぁ……行かないほうがいいと思うけど」

私の言葉に彼は渋い顔だ。

「え、何で？」

「あそこの王族はニンゲンの中でも、特に嫌な奴らだからなぁ。逆らうと檻に入れられて、ろくな裁判もせず死刑になるらしい」

「うわぁ……」

魔物にすら知られている嫌な王様ってどんなものなのか。想像するだに恐ろしい。

やっぱり行くのやめようかな、と私は思った。

「もうホブゴブリンの里でゴブくんに寄生するしかない」

「やめろ」

しかし一言でゴブくんに却下されてしまう。

そのまま森を歩くも、最初に会ったホブゴブリン以外の魔物と出会うことはなかった。

聞くと、この辺りは彼らホブゴブリンや、その進化型のオーガという魔物の縄張りだそうで、アガラの実を浴びた私のそばには、頼まれてもモンスターは来ないらしい。

どれだけ臭いのか、と私は乙女心にダメージを受ける。

夜通し歩いて私がへとへとになった頃、ようやく森を抜けて牧歌的な風景が目の前に広がった。

木でできた小さな家や牛がいる牧草地、鶏が地面をつつく景色を朝日が照らしだす。

その村の周りは柵で囲まれていた。朝早いせいか人の姿は見えない。

「ここでもう大丈夫だな？　俺は帰るぞ」

ゴブくんは目をしばしばさせつつ、森との境目で立ち止まった。

ホブゴブリンは夜行性なので朝日が眩しいのだろう。

「ありがとう、ゴブくん」

「だから名前を呼ぶなって……まあいいや」

彼はもはや諦めモードだ。

「いいか、何かを思い出したら、必ず俺の角で連絡しろよ！」

「あ、ちょっと待った！　どうやって連絡すればいいの？」

私は去ろうとするゴブくんを引き留めると、スカートのポケットから角を出した。

小さな白い角が朝日に照らされて輝いている。

「角に丸い穴があいているだろ。そこを吹けば聞こえる」

「あー、笛みたいなものなんだね」

私は角の先に小さな穴があることを確認して、思いっきり息を吹き込んでみる。

ふすー、と何の音もしなかった。

「おい、うるさい。間近で吹くな」

しかしゴブくんは、ぱっと耳をふさいで嫌そうな顔をする。

超音波とか、ホブゴブリンにしか聞こえない音なのだろうか。

ごめんごめんと謝って、私は再度それをポケットに入れた。

「気をつけろよ。この辺りはオーガも出るからな」

「うん、ありがとう！」

私がお礼を言うと、目をこすりながらゴブくんは去っていく。

その姿を見送って、私は森と平野の境目にある小さな崖(がけ)をゆっくりと滑り降りた。

# 第二章　シシュ村

何とか無事にシシュ村にたどり着いた私は、人が家から出てくる時間になるまで休もうと大きめの家の壁にもたれ掛かる。

疲れていたせいか、そのままずるずると横になり、私は眠ってしまったらしい。

気づいた時には私の周囲は、騒然としていた。

「血塗れの子が転がっている！」

「息はあるぞ！　生きてる！」

……えーっと。

少々ためらったが、私はおそるおそる目を開いてみる。地面に横たわっていた私を、知らない人達が囲んでいた。

「目を覚ましたぞ！」

「おかみさん、こっちこっち!!」

叫ぶ男性に促されるように、家の中から女性が飛び出してくる。

「ちょっとアンタ！　無事かい!?　しっかりしな！」

そう大声で叫んで私の脇に膝をつくのは、恰幅のいい中年女性であった。

おかみさん、と呼ばれた彼女は私の体をがっしと掴むと、ゆっさゆっさと揺さぶる。

「しっかりしな！　大丈夫かい⁉」

ぐるぐると視界が回りはじめた。

ちょ、待って、揺れる揺れる、酔う。

ただでさえ一晩中歩いて疲れ果てている上に、睡眠不足の私にはかなりのダメージだった。

「ま、待って……今は無事ですが、無事じゃなくなりそうで……」

私が弱々しく言うと、おかみさんは叫ぶ。

「何てことだい！　あたしの家の前で死なないでおくれ！」

もし私が今死んだ場合、犯人は間違いなくおかみさんである。

様子を見ていた男の人が、おかみさんに声をかけた。

「おかみさん、その血塗（ちまみ）れの子をどこか安全なところに寝かせてやったらどうだね」

「そうだね！　助けなきゃ！」

ふんと鼻息荒く言うと、おかみさんは私の体を揺さぶるのをやっとやめてくれた。助かった、と私はぱたりと地面に倒れ込む。私の全身が真っ赤なのは、アガラの実を爆発させた時に実が飛びちったせいだ。どうやらそのせいで血塗（ちまみ）れの女の子が軒下（のきした）で死にかけていると誤解されているようである。

「あの、大丈夫です。私……」

睡眠不足の状態で、ぐらんぐらんと揺さぶられて気持ちが悪かっただけだ。

説明しようと私が体を起こすと、おかみさんに突き倒されてしまう。

「駄目だったら！　じっとしてるんだよ！　うちで死なれちゃ目覚めが悪いったらありゃしない！」

私は突き倒された衝撃で、横向きのままずきずきと痛む頭を抱えた。ホブゴブリンにすら攻撃をされていないというのに。

起きあがると、心配しすぎのおかみさんに攻撃をされるため、私はじっと地面に転がっていた。優しさがつらい。

「あの、怪我とかしていなくて、私……」

「無理してしゃべるんじゃないよ！　黙ってな！」

「むぐっ」

おかみさんに今度は口をふさがれる。

横になったままの説明すら許されない。そんな理不尽な優しさに囲まれて、もはや遠い目をするしかない私であった。

すると私の視界に、遠くから走ってくる女の人が映った。眼鏡をかけて、髪を肩までの長さで切り揃えた優しげな女の人だ。

「おかみさん！　怪我人ですって!?」

「そうなんだよ、ローラ!!　早く診（み）てやっておくれ！」

駆け寄ってきたローラと呼ばれた彼女は、おかみさんにバンと背中を叩かれる。その勢いのあまり私の顔の一センチ前に彼女の足が踏み下ろされた。何とも恐ろしい。

怯えた表情の私の横に膝をつくと、ローラさんは微笑んだ。

「怖がらなくて大丈夫ですよ、すぐに治療しますからね。おかみさん、ベッドに運びましょう！」

「あいよ、任せておいて！」

戸板を担架代わりに持ってきた男の人とおかみさんによって、私は彼女の家の二階に運び込まれた。

その途中でおかみさんが手を滑らせて、私は階段下へ転げ落ちそうになる。もはや、おかみさんは私への刺客に違いない。そう疑心暗鬼になったということを言い添えておこう。


「まったく、まぎらわしい！」

ぷんすか怒るおかみさんに、私は「ごめんなさい」と「このやろう」のどちらの言葉を発すればいいのか分からない状態である。きっとおかみさんは心配しすぎただけなのだ、と自らを納得させてベッドから身を起こすと、私は深々と頭を下げた。

「ご心配をおかけしてすみません」

「まったくだよ！　死にかけているのかと思ったじゃないか！」

頬をふくらませるおかみさんに、ローラさんはなだめるように声をかける。

「まあまあ、怪我がなくて良かったですよ。傷といったら側頭部にちょっとたんこぶがあるくらいです」

「何だいおっちょこちょいだね！　転んだりしたのかい！」

私はおかみさんに突き倒された時にできた側頭部のたんこぶを撫でながら、「このやろう」という言葉を必死で呑み込む。

おかみさんは立ち上がると、蹴飛ばすように扉をあけて隣室からお盆を持ってきた。

お盆にのったお皿には、山盛りのパンとバター、ジャム。それと、ジャガイモのようなものや肉の炒め物や野菜がたっぷり入ったスープがあった。

「ほら、お腹すいたろう！　食べな！」

「あ、いえ……」

「遠慮するんじゃないよ！　この村は豊かだからね！　うちで作った野菜や肉だよ！」

たしかにこの世界に来てから、アガラの実とマリップルしか食べていない。

私はぐうと鳴る腹を押さえて、豪快に笑うおかみさんにお礼を言う。

「す、すみません……ありがとうございます」

おかみさんは「いっぱい食べな！」と料理をベッド脇のテーブルに置き、部屋を出て行った。

残された山盛りの料理を前にする私に、ローラさんは微笑んで手にした服を差し出してくれる。

「とりあえず先に着替えましょうか。私はこの宿の従業員のローラ・デーガンです」

「えっと……チサ、です」

立石千紗と名乗っていいのかためらい、私は自分の下の名前だけを伝えた。

ゴブくんに変な名前と言われたのだが、これならどうだろう。

するとローラさんは名前を気にする様子もなく、私との間に衝立を広げてくれた。

やはり名字の響きがあまりこの世界で一般的ではないのかもしれない。

私はポケットに入れていたホブゴブリンの角をとり出して鞄にしまった。真っ赤に染まった制服を脱ぎ、渡された服に着替えながら尋ねる。

「ローラさんは、お医者さんなんですか？」

先ほど宿屋の従業員と言ってはいたが、兼業なのだろうか。

すると衝立の向こう側で彼女は答えた。

「いえ、違います。多少薬草の知識がありますから、医者のまねごとをしてますけれど。ここには医者がいないもので……」

はぁ、とローラさんは小さなため息をつく。

「腕の良い医者は軍や王城にとられてしまいましたからね」

決して小さくはない村であるシシュに、医者が一人もいないというのは大変だろう。

私がそう言うと、ローラさんは衝立の向こう側でぼやくように続ける。

「ええ……。エルゼン国王の四人の息子のうち、二人が若くして病で命を落としてしまわれました。その時に腕のある医者は王城へ呼ばれてしまって、帰ってきていないのです」

「残りの二人は無事だったんですか？」

「無事といっていいのか……。もともとみんなの仲があまり良くなかったようですが、生き残った第一王子は、第四王子が言い出した勇者召喚に反対して蟄居の状態です。現状、第四王子であるグレン殿下だけがご無事であるという感じでしょうか」

何という絵に描いたようなお家騒動。二人の王子の病死とやらも、怪しい気配がびんびんしている。

二時間ドラマなら犯人は間違いなく第四王子だ、と指摘して、サスペンスもの好きの母に「そんなひねりのない」と却下されるレベルである。

私は服を着替え終わり、衝立から出た。

「第四王子ってどんな人なんですか？」

私から制服を受け取ると、ローラさんは顔をしかめる。

「ええと……グレン殿下は国民のため、魔王討伐を目的として勇者を召喚すると言っているようですが、まあ国民のためと思うような人ではないですね」

「その、勇者の名前とか、分かりますか？」

私が前のめりになって尋ねるも、ローラさんは首を傾げた。

「召喚は昨日の予定だったようですが、シシュ村は少し王都と距離がありますのでまだ伝わっていません。おそらくそのうち王都で大々的にお披露目があると思いますよ」

そこだ、と私は勢い込んだ。

「それを見に行きたいんですけど、どうすればいいでしょうか⁉」

私の言葉に、ローラさんは困ったような顔をする。

「王都は……今は治安が微妙なので、若い娘さんは行かないほうがいいですよ」

ゴブくんに次いで彼女にまで制止され、どれだけ無法地帯なんだろうと私は震えた。ローラさんは続けて言う。

「というのも、蟄居中の第一王子を推す勢力もまだまだ多く、王都は緊張状態です。何しろ民の人気が高かった第一王子が幽閉されて、あの無能……ごほん、グレン殿下が王位を継ごうっていうんですもの。王国の未来がどうなるのかと心配して、貴族や騎士も、民衆も必死ですから」

言葉の端々に第四王子への不満が見え隠れしている。というかあんまり隠れていない。

「それでもどうにか、勇者の顔が見たいんですけど……！」

私は必死で言い募った。

もしかしたら、昨日までほぼ毎日見ていた顔かもしれないのだ。彼もこの世界にいるのならば、会いたい。会いに行きたい。

ローラさんは再度考え込んだ後に、私にアドバイスをくれた。

「もしも王都へ行きたいなら、おかみさんに相談してみたらどうでしょう？　おかみさんは昔冒険者をしていて、王城へも行ったことがあるらしいですし……。今も有事の際には率先して戦う猛者ですから」

そしてローラさんは微笑み、「じゃあ服を洗ってきますね。乾くまで時間がかかりますから、ゆっくり食べててください」と言って部屋を出て行った。残された私は食事をしながら呟く。

「おかみさんに、相談……か」

どう説明すればいいのだろう、と悩みながらも食事を終えて私は立ち上がった。

階段を下りると一階でおかみさんが食事の仕込みをしているのが見える。私はおかみさんに話しかける。

「あの、おかみさん」

「おや、どうしたんだい？」

おかみさんは仕込みの手を止めると、私に顔を向けた。

「ご飯ありがとうございました。すみません、服まで洗ってもらっちゃって」

私はおかみさんにぺこりと頭を下げる。

「気にするんじゃないよ！　さっきローラから聞いたけど、アンタ王都に行きたいんだって？」

「あ、はい！」

これは話が早い、と勢い込んで私が頷くと、おかみさんは言う。

「定期的に乗合馬車があるから、王都へ行くのはそれが一番早いけど……アンタ、お金はあるのかい？」

「……」

文無しである。日本円は使えるはずもないだろうし、かといって鞄には教科書やアガラの実くらいしかない。

ゴブくんの角があるにはあるが、これを売っぱらったらさすがに外道だろうという自制心はある。

沈黙する私におかみさんは片眉を上げた。

「アンタ、里は？　親は？」

「……えっと、その……」

日本、といっても伝わらないだろうと言葉を濁す私に、おかみさんはフンと鼻を鳴らす。

「ごまかしても無駄だよ。あたしの目は節穴じゃないんだからね！」

「……えっ！」

驚いておかみさんを見ると、彼女は私のほうへずんずん歩いてきた。

え、ごまかしても無駄って、まさかゴブくんといるところを見られたとか⁉　あるいはこの世界の人間じゃないとバレているとか⁉

青ざめる私の肩をがしっと掴むと、おかみさんは勢いよく言う。

「アンタ、家出娘だね！　親と喧嘩して出て来たはいいけど、やっぱり帰りたくなったんだろう」

……おかみさんの目は節穴だった。

沈黙する私を、おかみさんは抱きしめる。

「大丈夫、しっかり謝れば許してもらえるさ！　親っていうのはそういうもんだからね」

「……あのう、おかみさん」

「いいんだよ、乗合馬車が出るのは三日後だから、それまでうちにいな。お金なんていらないからね！」

もはやおかみさんとの間に言葉はいらなかった。いや、むしろ言葉を発することができなかった。

その豊満な体にぎゅうと抱きしめられ、口と鼻をふさがれた私の意識が遠くなっていく。

ああ……お母さん、犯人は……おかみさ……

ぱたり、と私の手が落ちた。


気づいた時は真夜中。最初に運び込まれたベッドに横になっていた。

隣のベッドにはローラさんがいて、私に気づくと苦笑を漏らす。

「大丈夫ですか？　おかみさんが、チサさんは疲れで気絶してしまったって……」

「ち、違うんです……！」

犯人の供述を信じているだろうローラさんに、私は説明しようと、がばりと身を起こした。

まあまあ、とローラさんは手振りで横になるように促す。

「分かってます分かってます。おかみさんは本当に気の良い人なのですが、ちょっと、いえ、だいぶ人の話を聞かないという欠点がありまして……」

私はこくこくと頷いた。

行き倒れの人間にこうやって食事や寝床を与えてくれているので、いい人なのは分かっている。

ローラさんは、言おうか言うまいか少しためらうようなそぶりの後に口を開いた。

「おかみさんには亡くなった旦那さんの残した、とても大切な子がいたんですけど、その子ももう……。その子にチサさんが似ているみたいで、放っておけないみたいです」

私は言葉を失った。

そんな事情があったとは……。おかみさんは私の親のことも心配してくれたし、きっと大事な一人娘を亡くしてしまったのだろう。

ローラさんはしんみりする私に一枚の絵を見せてくれる。

「とっても可愛い子で……犬だったんですけど」

絵の中でおかみさんと旦那さん、その間に一匹の可愛い犬がちんまり座っていた。

別の意味で私は再度言葉を失った。

＊＊＊

「勇者殿」

勇者、と呼ばれる彼——笹川直人に話しかけるのは、エルゼン王の息子であり、第四王子グレン・カスツールだ。

王子であるが騎士でもあり、剣の腕は並び立つものがいない、とグレンは自称している。

金髪碧眼で彫りの深い美形な青年ではあるが、彼はエルゼン王と同じように自然と人を見下すような雰囲気を漂わせていた。

「そろそろ出発なされてはいかがかな、勇者殿」

殿、という敬称をつけてはいるが、グレンの言葉に直人への尊敬の気持ちは含まれていないだろう。

直人は、苛立ちを理性で押し込めながらも、前と同じ言葉を伝える。

「言ったはずです。ちゃんと言う通りに魔王を退治しに行くから、今すぐ立石さんを時空の狭間から召喚してくださいと」

直人の怒りのこもった低い声に、グレンは鼻で笑いかけて思いとどまった。

「こちらこそ申し上げたはず。勇者殿のお気持ちも分かりますが、召喚には時間と魔力を必要とし、今すぐは無理だということ。そして時空の狭間にいるものは、時間が非常にゆっくり流れるため、少なくとも一カ月は飲まず食わずで大丈夫と」

「体が大丈夫でも、心が大丈夫とは限らないでしょう！」

かっとなり、直人は叫ぶ。

時空の狭間と呼ばれる場所は、何もかも闇につつまれた真っ暗な空間らしい。そんなところに彼女を一人残して、のうのうと出発などできるものか。

やれやれ、とグレンは肩をすくめた。

「私のほうでも父に言っておきますから、もういい加減に出発しませんか？」

「……っ！」

グレンがどれほど直人の言葉を理解したのかは分からないが、これ以上言っても無駄なことは感じ取れる。

直人はため息をつき「……どうしろと？」と尋ねた。

勇者、と呼ばれてはいるものの、彼の身体能力は日本にいた時とさして変わりがない。エルゼン王が時空を移動する時に力がどうとか言っていたが、それを実感することはできないでいた。

直人の言葉に満足そうに頷くと、グレンは言う。

「さすが勇者殿。お立場を理解なされる能力に長けておりますな。これから我々とともに、神殿に向かっていただきたい」

「お前自分の立場分かってんじゃねーか」と褒められても嬉しくも何ともない。自然と眉をひそめつつ、直人は聞き返した。

「神殿？」

「ええ。勇者の剣がある神殿です」

そうしてグレンは語る。この王国の偉業と、かつての魔王との戦いについて。


――時は今より三百年ほど前。

この大陸の東の大部分を占めるのは、偉大なカスツール王国であった。

西には魔の森が広がり、魔王に支配されているその呪われた地を、心優しき王は解放しようとしていた。

魔物は度々人を襲い、森に迷い込んだものは誰一人として戻って来ることはなかったという。

森を切り開こうとした王であったが、オノを持った兵士は次々と未知の病に倒れていく。魔王の仕業である。

王は神に祈った。

「神よ。人を害する魔物を、そして魔王を倒す力をどうか我らに」

神の加護によりその病を打ち破った兵士達は、魔王城を探るうちに一人の娘の存在を知ることになる。

魔王の姫シルビア、銀色の髪と透き通るような白い肌の美しい姫だ。しかしその姫の実態は、周辺の若い娘をさらい、その血を浴びて若さを維持する恐ろしい魔物であった。

王は神のお告げを得て、魔王の姫シルビアを倒した。するとそこに魔王が出現する。

天は裂け、地は震え、魔王はこの世のものとは思えないおぞましい叫び声を放つ。

王はこれに臆することなく、剣を持って魔王を切り裂いた。その剣は、魔王の血で七色の輝きを得たという。

戦いの末に魔王は破れ、西の城に逃げ帰った。

王は魔王の力が復活する日にそなえ、魔王を切った七色の剣を勇者の剣と名づけ、神殿へ納めることとした。


話が終わる頃、直人がたどり着いたのは神殿であった。

「こちらへどうぞ、勇者殿」

グレンに促(うなが)され、直人は神殿内部を進む。グレンとともにその取り巻き護衛もついてきた。大理石がしかれた床が、彼らの足音を細く長く反響させる。

神殿の奥へしばらく進むと、突き当たりに大きな扉が現れた。

重厚なその扉には、風・水・火・土の精霊とおぼしきものが彫られているのが見える。

「この中に、勇者の剣があります」

脇に逸れる形でグレンらは立ち止まる。直人が不審に思い眉をひそめると、彼は肩をすくめた。

「勇者の剣は長き眠りについております。一説では魔王に支配された力をとり戻すための眠りについているとのこと。しかし来る日には、勇者殿のためにその眠りから目を覚ますそうです。その剣が目を覚ましたというお告げがあったため、我らは勇者殿を召喚したのです」

「……グレンさん達は中に入らないんですか？」

直人の言葉に、不快げにグレンは目を鋭くする。

「この扉は、勇者殿のみに開くと聞いております。私は王族であって、勇者ではありませんので」

つまりは入れなかったということなのだろう、と直人は冷静に視線を返した。

「さあ、勇者殿。まさか勇者殿がこの扉を入れないことなどありますまいな」

言外に「入れなかったらぶち殺すぞ、役立たずが」くらいの圧力を、グレンの言葉に感じる。

直人は一歩、扉の前に進んだ。思い切って手を伸ばし、その扉を押してみる。

扉はあかなかった。代わりに、直人の手を呑み込む。

「……っ!?」

数歩進んでたたらを踏むと、直人は小さな四角い部屋にいた。部屋の中央に虹色に光る剣が刺さっている。

「これか……」

直人は剣に片手を添え、そっと引っ張った。刃が半分ほど埋まっていた剣は、ゆっくりと抜けていく。

剣が抜けていくごとに、部屋の中は七色の光に照らされる。その輝きが消えた時、直人の手には七色の剣が収まっていた。

『勇者様』

誰かが彼に語りかけてきた。リリーン、とどこかで聞いた音がする。

『私の呼びかけに応じてくださったことを、心より感謝します。勇者様』

声を発しているのは彼が手にした剣のようだ。直人は戸惑いながら剣に話しかけた。

「もしかして、学校の駐輪場で聞こえた鈴の音は、君が？」

『はい。果てなく続く苦しみを終わらせるために、勇者様を呼び寄せる手助けをしたのは私です』

剣は憂いを帯びた声で答える。それはひどく悲しみに満ちた声でもあった。

果てなく続く苦しみとは何のことだろうか。いまいちよく分からないが、ふとある疑問が浮かぶ。

「どうして俺を？」

『……私はずっと異世界で、波長の合う方を探していました。あなた様がそうなのです』

状況が掴めない直人に剣は続ける。

『勇者様にはお詫びのしようもございません。せめてもの力添えとして、この世界で力を持つ風・水・火・土の四大精霊の力を勇者様が使えるようにいたします。しかし、もし魔王を倒そうとあなた様が思うのならば、四大精霊だけでなく闇の精霊の解放が欠かせません』

「四大精霊の力と闇の精霊の、解放？」

会話をする直人の周りが、ぼんやりとゆがんでいく。剣の声は直接彼の頭に響いていた。

『魔王城へと入るための鍵が、闇の精霊です』

リリン、と鈴の音が響く。

『闇の精霊を解放してください、勇者様。私はいつでもあなたをお助けしましょう』

響いた鈴の音が、余韻を残して消えた時。直人はいつの間にか扉の前に佇んでいた。

突如現れた直人と、その手にした剣に、周りの男達はざわめく。

「何と……本当に七色に輝いている。勇者の剣だ」

「この剣さえあれば、魔王を倒すことも可能だと」

「ええい、私にも見せろ！」

ずい、とグレンが進み出て直人の剣を見る。その刃は虹のように複雑な色を見せて輝いていた。

彼は剣の美しさに目の色を変える。

「おお！　勇者殿、すばらしい！　ぜひ私めにその剣をお貸しください！」

「っ！」

ぐいっと直人から奪い取るように、グレンはその七色の剣に手を伸ばした。だが、柄を手にした途端、グレンは顔をゆがませる。

「くっ……！」

グレンが手を離した勇者の剣を、慌てて直人は掴んだ。

「どうしたんですか？」

「……何でもありませんな！」

グレンは苦々しそうに言った。見ると、その手は火傷したように真っ赤になっている。

『剣は主を選びますもので』

しれっとした剣の声が、直人の耳に響いた。チッと舌打ちをしてグレンは言う。

「……まあいいでしょう、勇者の剣を手に入れたならば、まずはその力を確認してみましょう。言い伝えが本当ならば、風を吹かせ、水を操り火を出して土を動かすこともできるという。おい、どこか近くで魔物がいる場所を……」

その時、神殿で働いているらしき少年が、彼らに駆け寄ってきた。

「大変です、大変です！」

「何だ騒がしい！　それでも神職に携わるものか！」

叱りつけるグレンに、怯えた表情をしながらも少年は叫んだ。

「大変です！　シシュ村近くに、大量のオーガが出現していると！　村人は籠城し、こちらに助けを求めております！」

「何だと、オーガ⁉　どれほどだ！」

「十や二十ではきかぬほど、村をとり囲んでいるとのことです！」

「うむむ……オーガか……」

グレンは悩ましげに考え込んだ。彼を囲む男達も腰が引けている。

「シシュ村って、どの辺ですか？」

直人が少年に声をかけると、グレンは慌てたように叫んだ。

「ゆ、勇者殿！　オーガは非常に攻撃力の高い魔物ですぞ！　まだ剣を手にしたばかりの小僧……失礼、勇者殿には危険です！」

直人は首を横に振る。

「でも、襲われているんでしょう？　放ってはおけません」

「まだ戦い慣れぬあなたが行っても、足手まといにはなれど、助けることは難しいと言っているのです！　私は巻き込まれるのはお断りですからな！」

大声で反対するグレンを、直人はきっと睨み返す。グレンはうろたえた表情で、直人とその手の剣を交互に見ると、数歩下がった。

「勇者殿、も、もし私に手を出したら……」

「何を言っているんですか、馬鹿らしい。俺が勇者だっていうのなら、戦います。あなたが行きたくなければ一人で行きますから」

こんな道連れができるよりは、よっぽど一人のほうがマシだと直人は思う。

何よりも先ほどから、握った柄を通して唯一の味方が囁くのだ。

『私がおります、勇者様。あなたを守り、敵を倒し、シシュ村を救いましょう』

直人は決意を表すように、剣の柄をぎゅっと握った。

# 第三章　オーガ襲撃

真夜中。どこかから叫び声が聞こえた。

――！

――オーガが！　逃げて……！

――アンタ、あの子を――！

遠い声に私の意識がだんだんと引き上げられる。ベッドの中で私は身じろぎした。

「チサさん！」

鋭い叫び声に、ハッとして私は目を覚ます。そこには真剣な表情のローラさんがいた。

「起きて、身支度をしてすぐに出ますよ！」

「えっ、えっ⁉」

ローラさんは私の頭に、おかみさんが用意してくれたらしい服をぽいぽい投げる。そして慌てて着替えて鞄を持った私の手を掴んで、階段を駆け下りた。

ほとんど引きずられるように私が外へ出ると、宿屋の周りが騒然としていたことに驚く。

「警備はどうなっているんだ⁉」

「王都へ連絡を！　オーガの集団に襲われていると……！」

「くそっ、連絡が通じない！」

男達が寄り合い、剣を手にして話し合っていた。

わぁあん……という子供の泣き声と、それを抱き上げてあやす母親の声が聞こえる。

ふと、この村を囲む柵の外側で、何かが光った。黒い闇に、どす黒いような赤い光が見える。殺意を持って、私達を見据える目に思えた。

「グオオオオオゥ！」

それがうなり声のような叫びをあげる。

私は息を呑んだ。赤黒い肌と強靭な肉体、そして頭に巨大な角の生えたものが柵の向こう側にうごめいていた。

「……オーガ……！」

思わず立ち止まって私は呟く。

周囲が太い柵で囲まれている場所より攻めやすいと見たのか、一番脆弱な村の入り口にオーガが群がっている。その数は十や二十ではなかった。

村の入り口には太い柵ほどではないがもちろんバリケードがある。ただ、ふだんは村人が出入りしやすいよう簡易的な造りになっていた。バリケードの向こう側に太く巨大な腕と赤く光る目がいくつも見える。なかには鋭く鈍い風音とともにオノを振るうオーガもいた。

村人も槍や剣で応戦してはいるが、数と力の差があるせいか苦戦しているようである。

「アンタ達！　早く逃げな！」

オーガに応戦している人の中におかみさんがいた。私とローラさんに気づいて叫ぶ。髪が乱れ、腕に血が滲んではいるが、おかみさんはひどい怪我はしていないようだ。

私の手を掴んだまま、ローラさんが首を横に振った。

「駄目です、おかみさん！　裏口にもオーガが……！」

「何てことだい……！」

この村の周り中から、「グオオオオゥ！」という、オーガの叫び声がする。

血に飢えたような声が村を包んでいた。

「終わりだ……こんな数、どうしようもない……」

応戦しながらも今にも崩れ落ちそうな男達に、おかみさんの声が飛ぶ。

「馬鹿言ってんじゃあないよ!!　頑張りな!!」

「ふぐっ!?」

激励の声だけでなく、泣き言を言った男の尻におかみさんの鋭い蹴りが入る。彼はその衝撃でたたらを踏んで数歩前に出た。そのちょっと手前をオーガのオノがかすめる。

相変わらず怖い。私はおかみさんの無意識の攻撃に思わず数歩下がった。

「アンタ達が諦めたら、村の女達は、子供達はどうなるんだい！　あたしは腕がちぎれようが足が折れようが、絶対諦めないからね!!　この村を守るんだよ！」

「……おかみさん……！」

その鋭い叱咤に気力をとり戻したのか、彼らは再度果敢に、村のバリケードを崩そうとしているオーガ達に抗戦する。

しかし、村側がじりじりと押されているのは誰の目にも明らかだった。

あのバリケードが崩れた時、村は、そして私は――

ふっと、私の周りに懐かしい風が吹いた。

騒然とした周りの声が遠ざかっていき、静かになっていく。

――オーガは血に酔うからなぁ。

誰かの声が聞こえた。聞いたことのある声だ。それに対して別の誰かが返事をしていた。

――そうなの？　ゴブくん。

――そう。姫さまも近寄ると危ないからな。気をつけろよ？　俺らも襲われたら死ぬし。

――ええ？　だって、ホブゴブリンから進化してオーガになるんでしょ？　仲間じゃないの？

――じょーだんじゃない。あいつらホブゴブリンの中でも、戦闘好きの奴らが進化してくんだ。進化したら別種族みたいなもんで、敵になることもあるしなぁ。理性がなくなるから俺は退化だと思ってるけど。

――そっかぁ。だからオーガとは会話ができないんだね……

「――さん、チサさん！」

はっ、と気がつくと周囲の音が戻ってきた。

すぐ近くでローラさんが、私の肩を掴んで揺さぶっている。

「気をしっかり持って！　やまいろ亭の地下に避難所があります！　そこに隠れましょう！」

今のは、一体何だったんだろう。

誰かの会話が聞こえた気がしたけれど、周りにはローラさん以外いなかった。

「チサさん、さあ……！」

「待って、ローラさん！」

私は引っ張ろうとするローラさんを押しとどめた。

オーガの集団が正面から村に入り込んだら、村は全滅だ。

何か対策はないだろうかと考え、私はハッと鞄を見る。

ホブゴブリンほどではないにしろ、オーガは鼻が良いという知識が不思議と私にあった。隠れている人間の痕跡をかぎつけるには十分なほどに。それならば——

「隠れても、見つかったらみんな死んでしまいます！　ローラさんはここで待っててください！」

「チサさん、何を⁉」

私はローラさんの手を振り切ると、鞄をあけてあるものを手にした。そして村の入り口へと走る。

「チサさん、駄目っ‼」

「チサ、危ない！　来るんじゃないよ！」

ローラさんもおかみさんも私を制止したが、走る勢いを止めずに私は叫ぶ。

「おかみさんも、おじさん達も、どいて‼」

一瞬だけ動きが止まった彼女達の間をすり抜けて、私は手の中のものに種をつっこむと、思いっきりバリケードの向こう側へと投げた。

ひゅう、と赤い丸いものがバリケードを越えていく。

何を、とおかみさんの口が動いた時に、ぶしゃっとそれが潰れて弾け飛ぶ音がした。

「ギャアアアアア!!」

その声は、村人のものではなかった。

断末魔のような叫び声をあげたのは、バリケードの向こう側。山のように押し寄せていたオーガ達だった。

アガラの実の直撃を受けたオーガがのたうち回って地面に倒れる。

「グオオ……グフッ……!」

仲間を心配するような知能も余裕もないのか、オーガは我先にとバリケードから離れ、森の中へ逃げていった。

「ふう……!」

私はアガラの実を投げた姿勢のまま、息をつく。

村中に響いていたオーガの威嚇(いかく)の声は、いつの間にか消えている。倒れたオーガもふらふらと逃げていった。あとは葉のざわめく音が聞こえるのみである。

オーガはゴブリン、そしてホブゴブリンの進化形態なのだ。戦闘好きに変わったといえど、その性質はさして変わっていない。アガラの実の種のまきちらす匂いが、死ぬほど嫌いなのは共通なのである。

惜しむらくは、ホブゴブリンより嗅覚(きゅうかく)が鈍くなっており、また体の耐久値も上がっているせいか、すぐに気絶するほど弱い個体はいないこと。そして多少の耐性を得ることができるため、一定期間経つと匂いに慣れてしまう。そのため何度もこの手を使えば、いずれこのバリケードを踏み越えてしまうだろう。

とはいえ、今は問題ない。

慌てるあまりアガラの実に二個分の種を入れたせいか、鼻がひんまがりそうな匂いをまきちらすこの村に、入ってこようとするオーガはただの一匹たりともいなかった。村の周りをうろついていたオーガ達も、匂いに気づいたのか逃げ出した。

少しずつ匂いは薄くなってしまうが、今夜は安泰である。世界で一番臭い食べ物といわれているニシンの塩漬けの缶が爆発した直後のようだ。そんな村に入ろうとするものはいるはずもなかった。

ＩＷＩＮ！と両手を掲げた私に、すぐ近くから盛大な攻撃が放たれる。

「アンタ！　すごいじゃないか！　何をやったんだい！」

「ぐふぅっ！」

ラリアットののち、流れるように胴体への鯖折り攻撃をおかみさんから受け、私は息も絶え絶えに救いを求めた。

「た、たす……」

「裏口のオーガも逃げたってよ！」

「すげえ、どうしたんだ！」

「みんな、良かったな！　助かったぞ!!」

しかし救いが来るはずもなく、さらにわらわら集まってきた村の男達からももみくちゃにされて、私は再度意識を途切れさせた。

もうそろそろ訴えようかと思う。


ふっと、私の意識が戻った時はすでに翌日の昼。どうやら私は宿屋の二階にいるらしく、一階からは宴会をしているような音が聞こえる。

大人って……と思いつつ私がベッドを下りると、様子を見に来たのかローラさんが扉をあけた。

「チサさん、大丈夫ですか?」

「おかみさんからのダメージ以外は無傷です」

「なら良かった」

まったくもって、どこが良かったのかは不明である。

彼女は不満げな私の隣のベッドに座ると、窓の外を見た。

「オーガが逃げ、連絡線も何とか修理し終えたようです」

「連絡線?」

「ええと、遠い場所をつなぐ通信手段ですね。細くて地中に埋まっているのですが、それが掘り起こされて切られていたみたいで」

電話線みたいなものか、と私は頷(うなず)く。

ローラさんはため息をついて続けた。

「オーガが出ることは今までもありましたが、ここ十数年、被害が激しくて……。しかも集団で村を襲撃するなんて……」

「オーガって人間は襲わないんですか？」

「いえ、襲います。ただ群れで襲うというよりは出会ったら向かってくるくらいで、村を滅ぼしてやろうなんてことは今までなかったんです」

　ローラさんは悩ましげに首を振る。

「おかみさんが今、王都に救援を求めてますから……早く助けが来るといいのですが」


　同じ頃、王都。

　オーガに襲われているというシシュ村は、一時的にオーガが入り込めないように対策をとったらしい。

　先ほど、直人は神官が持って来たひし形の宝石を通じてシシュの村人と話した。

　連絡石と呼ばれるそれは、電話のようにリアルタイムで相手と通信ができるのだそうだ。

〈もしもし、勇者様かい!?〉

　連絡石から、きっぷの良い女の人の声が聞こえる。

〈勇者でも軍隊でも何でもいいから、こっちに助太刀を頼むよ！　オーガを撃退はしたけど、そんなに長持ちはしないらしいからね！〉

　直人は頷（うなず）いた。

「必ず行きます。どうか俺がたどり着くまで、みなさんご無事で」

向こう側からその女の人の笑う声が聞こえる。

〈あいよ！　アンタが来るまでは堪えるから、任せておきな！〉

おかみさーん、と叫ぶ若い女の人の声が向こうからかすかに聞こえた時に、隣にいたグレンに連絡石をむしりとられた。

「王位継承者のこのグレンも行くから、待っているといいぞ！」

〈アンタは別にどうでもいいけど、まあ来るなら早く来な！〉

「なっ……！」

グレンが怒鳴りつけようとしたところで、ぷつっと通信は途切れた。

再度つなごうとしたが相手が出ないらしい。グレンは苛立ったように連絡石を地面に投げつける。

直人は叩きつけられる寸前の連絡石を、慌てて受け止めた。手の中のひし形の石は、光を帯びたまま沈黙している。

「……今の、声」

一瞬聞こえた声が、かつて聞いたことのある声によく似ていたのだ。

まさか、と直人は首を振る。

あの日、自転車置き場で交わした会話が最後で、それ以来聞いていていない彼女――千紗の声が聞こえた気がした。

「おかみさーん……あ、まだ連絡中か」

おかみさんがひし形の石に向かって「任せておきな！」と叫んでいるのが聞こえ、私は声を潜めた。

そのまま静かにしていると、彼女は連絡石を置いて私を振り向く。

「おや、どうしたんだい？　チサ？」

「おかみさん、ここらでアガラの実って手に入りますか？」

昨夜オーガを追い払ったものがアガラの実であることを説明し、どうにか他にも手に入れられないかと私はおかみさんに尋ねた。しかし彼女は首を横に振る。

「うーん、あれは魔の森にしか生えていないから流通量が少ない上に、実も種も強い解毒作用がある高級品だからね。この村で持っている人はいないんじゃないのかい」

「そうですか……」

今日はまだ良い。昨日爆発したばかりのアガラの実の激臭でオーガは近寄って来ないだろう。しかしいずれ、匂いは和らいでしまう。

「オーガもまだこの近くをうろうろしているらしいからね。どれくらい保つんだい？　匂い自体は」

「うーん……五日目あたりから薄くなっていくと思います」

また、雨が降るなどするともっと早く消えてしまう。

アガラの実をうっかり自分で爆発させて被ってしまった時、「水浴びするまで俺に近寄るな」と鼻を摘んだゴブくんに言われた記憶があった。

……ん？　いつの記憶だ？

首を傾げる私に、おかみさんはため息をつく。

「五日しか保たないのか……王都からここまで普通は六日かかるけど、急げば五日、間に合うか怪しいところだね。あのボンボン王子は馬車で来そうだし……」

「あとは何かオーガ対策……あっ、そうだ！　昨日オーガって倒せました？」

私が尋ねるとおかみさんは頷く。

「ああ、裏口のほうで、急に動きが鈍くなったオーガを二匹ばかり倒せたみたいだね」

「じゃあ、そこにちょっと案内してもらえますか？」

「いいけど、どうするんだい？」

きょとんとするおかみさんに、私は鞄の中に入れたゴブくんの角を思い出しつつニヤリと笑った。

「名づけて、嫌がらせ大作戦……ですかね？」


そして翌朝。

やまいろ亭の二階、窓をあけ放ち、私は大きく深呼吸をした。さわやかな朝の空気が気持ち良い。

窓の下を見ると、一昨日の戦闘や昨日の連絡線の修復などで疲れたのか、人の姿はまばらである。

私は大きく息を吸い、昨夜おかみさんに切ってもらった白い大きな角……オーガの角を手にした。

そしてその穴に口を当てる。

ふすー。

ホラ貝のような形をした巨大な角だが、やはり音は鳴らなかった。だが気にせず「ふすー、ふすすー」と息を吹き込み続ける。

森の奥、オーガが逃げ込んだ辺りで、木々が不自然に揺れているのが見えた。

調子にのって「ふーすっすすー、ふすすっすー」と音にならない音で私が自作のメロディを奏でていると、後ろからローラさんに声をかけられる。

「おはようございま……あれ？　チサさん、どうしたんですか？」

「あ、ローラさんもやります？」

私は四本あるオーガの角の一つをローラさんに渡した。

「えっ？」

首を傾(かし)げながらも、ローラさんは私の隣に立つと、おそるおそるオーガの角を吹く。

ふすー。ふすーー。

「どうでしょう、ローラさん」

問いかける私に、ローラさんは微妙な顔だ。

「……楽しいですか？　チサさん……」

「いえ、まったく」

せめて音でも出れば笛として使えるのだが、逆にこんな早朝から笛を吹き出したら周囲から大クレームがくるのは間違いない。

同じく夜行性のオーガも、眠っているというのに朝から大音量で笛が鳴れば、とても寝てはいられまい。

ざわざわざわ、と森の木々が怒っているようにざわめいた。遠吠(とおぼ)えに似た叫びがちらほらとする。

やっぱり効き目があるんだ、と私は確信した。

先日森の中でゴブくんの角を吹いた時に、私にはまったく音が聞こえなかったが、ゴブくんはうるさいと顔をしかめていた。オーガの角もまた、穴があいていて笛の形になっている。ゴブくんの角と同じような効果があるのではないかと思ったのだ。どれほどの音量で届いているかは不明だが、少なくともダメージは与えているはずだ。

王都から応援が来るまで、オーガをどうにかしなければならない。しかしオーガの集団を倒すのは難しいだろう。

そんなわけで、私はオーガの睡眠妨害、という地味な嫌がらせに出たのである。

「効果があるみたいなので、やりましょうローラさん。おかみさんにも説明して、手伝ってもらわないと」

「な、なるほど……えげつないですね。チサさん」

「かしこいと言ってください」

その後、おかみさんや他の村人も加わって、鳴らない笛を四本ふーすーと鳴らした。すると予想以上に大きな音だったようで、怒ったオーガが数匹、村までやってくる。

しかし本来、夜行性のオーガは日中で弱体化している上、アガラの実の匂いに耐えかねたのか、ろくに攻撃もできず鼻を押さえて逃げていった。

逃げられなかったオーガは倒し、その角を使った笛吹き隊が増えていく。

夜に襲撃があっても丸一日寝ていないオーガの動きは鈍く、撃退は容易だったらしい。

それを何度も繰り返し、定期的に吹く人間を交代して丸二日。

オーガは、騒音と悪臭と返り討ちのトリプル攻撃にどんどんと数を減らしていった。

私はほくそ笑んで笛吹き隊に告げる。

「いいですか。ずーっと吹いていたら音に慣れてしまいます。ランダムに休憩を入れつつ、音が消えたなと思わせたところで再度吹くんです。やっと眠りに落ちかけたというのにそれを邪魔される苦しさ！　これがオーガの心を折る方法です」

「……」

何も言わなかったが、ローラさんの目は再び「チサさんえげつない」と語っていた。

おかみさんが感心したように呟く。

「アンタなかなかやるねぇ。オーガの角はオーガや魔物を引き寄せるから吹いちゃいけないっていうのが冒険者の間の常識だったんだけどねぇ」

「えっへっへ。褒めてくださいさい褒めてください」

ただでさえおかみさん以外はどん引きなのである。もっと私を褒めてくれてもいいと思うんだ！

「これなら勇者が来るまで、無事に持ちこたえることができそうだね。あるいは、オーガが全部逃げていってくれればいいんだけど」

おかみさんの言葉に私も頷く。

すでに初日の襲撃から五日目。だんだんとアガラの実の匂いは薄れているようで、村の周りの柵まで近寄ってくるオーガが増えてきた。

数を減らしたとはいえ、オーガの群れはまだ十数匹残っている。一対一で戦えば、私など瞬殺だ。今は村の防衛柵と匂いに守られているからこそ無事なのだ。

空には厚い雲がかかっていた。近く雨が降りそうで、匂いが消えてしまわないかと不安になる。

「早く来るといいですねぇ、勇者さん」

私は心からそう言った。

まだ見ぬその姿を、どこかで見た笑顔に重ねて。


豪華な馬車に乗せられた勇者こと笹川直人は、シシュ村へ向かっていた。

「本来ならば、勇者のお披露目をしてから魔物退治なのですぞ。勇者と、それを召喚した功労者として私が隣に立つ予定が……」

ぶつぶつと文句を言うのは、直人の対面に座っているグレンである。

直人は来なくていいと言ったが、「手柄を独り占めなさるおつもりか！」とグレンが引かなかったのだ。

別の馬車で彼の取り巻き護衛もついてきている。一部引き気味の護衛もいたが、グレンが「当然ついて来るよな」という圧力を発したため、誰一人として王都に残ることはできなかったようだ。

「人数もこんなものでは足りぬでしょうし……真っ先に戦うのは勇者殿ですからね」

「分かってます」

グレンの責めるような言葉も意に介さず、直人は凛とした表情で言う。

「俺が行きますから、グレンさんは安全なところで控えていていただいて結構です」

けんもほろろな直人の言葉に、グレンは顔をゆがめる。

「勇者殿！　まるで私が役立たずのような物言い、聞き捨てなりませんな！　私がいるからこそ、父がすぐに軍を編制して援軍を送ってくれると言っているのですぞ！」

「……」

直人としては正直、一人でも良かったくらいだが、グレンはどうしても彼に頭を下げさせたくてたまらないのだろう。意気揚々と切り札を出してくる。

「また、狭間より再召喚の準備を依頼したのは誰だと思ってらっしゃるのか！」

それを言われると直人としては何も言えなかった。消えたクラスメイトを人質にとられている以上、従うしかない。

「……それはとても感謝しています。ありがとうございます」

深々と直人が頭を下げると、満足した様子でグレンは鼻を鳴らした。

「まあ良いでしょう、勇者殿。あなたのご友人がこちらへ無事に来るも来ないも、私次第であるということ、ゆめゆめ忘れないでくださいね」

「……はい」

一通り直人を責めて満足したのか、グレンは馭者に「おい、無理せず行け！　揺らすんじゃないぞ！」と叫んだ後、馬車の座席に横になった。そのまますぐに彼は寝息を立てて眠り込む。

直人はそれを見て、小さくため息をついた。

「……シシュ、か」

シシュ村に彼女がいるはずはない。けれど連絡石の向こう側から聞こえた声が、ひどく気になる。

直人は窓の外に視線を向けた。彼らを乗せた黄金の馬車は、夜道を疾走していった。

# 第四章　オーガキング

夜、私は宿代のかわりにおかみさんのやまいろ亭の手伝いをしていた。

おかみさんは「オーガから守ってくれた一件でとっくにチャラさね」と笑っていたが、そういうわけにはいかないので、宿の掃除や配膳を手伝っている。

オーガの群れは順調に数を減らしているらしい。村の男達には、やまいろ亭で酒を飲んで笑いあうくらいの多少の余裕ができていた。

その夜、しとしと降る雨の中、叫び声が聞こえるまでは。

「グオオオオオオオオ！」

ビリビリと、窓が震えた。

その声にはすさまじい怒りが込められているようで、それがみんなに戦慄（せんりつ）を引き起こす。

おそるおそる、窓の外を見た男が驚きの声を発した。

「嘘だろ⁉」

「えっ⁉　何だって⁉」

すると、連鎖的にいくつもの小さな悲鳴があがる。

私は窓に駆け寄ると、勢いよくそれをあけた。

最初は、森の中に黒い二階建てくらいの家がある、と思った。次にそれが動いているのを見て気づく。建物じゃない、と。

「――あれは、オーガキング……⁉」

私はあまりの驚きに小さく叫んだ。巨大なオーガキングがこちらに背を向けて、森の中に佇んでいる。月明かりに照らされた背中にぞくりとするほどの殺気を漂わせながら。

夜になったというのに、村の周りをうろついていたオーガ達の姿が見えない。

黒い影のように巨大なオーガキングは、手で何かを拾い上げ、ばりぼりと食べていた。

暗くて見えづらいが目をこらすと、その手には暴れて抵抗しているようなオーガの姿が見える。

オーガキングはオーガから進化した魔物のはずなのに、どうやらオーガが喰われているようだ。

「と、共喰い……？」

私が頬をひきつらせつつ呟くと、ゴブくんの「進化したら別の種族みたいなもんで、敵になることもある」という言葉が蘇ってきた。

敵なのかただのエサなのか、村の周りにいたオーガは次々とオーガキングの口の中へ消えていく。

「オーガキングは無理だ！　防衛のしようがない！　今のうちに、みんなを脱出させないと！」

男達は叫ぶと、慌ただしくやまいろ亭を飛び出していく。周囲の人々にオーガキングの出現を伝え、足の遅い老人や子供達を最優先に脱出させるためだ。

「チサ、アンタも一緒に逃げな！」

おかみさんが叫ぶ。

「はい、と言いたいところなんですけど！」

隣にいるローラさんは村人達を脱出させるために、村中を回るという。私もせめて子供達が全員逃げてからと思い、それを手伝うことにした。

夜も更けていたので、眠っていた人も多く時間がかかってしまう。村人が逃げ出しはじめて一時間も経たないうちに、オーガを喰らっていたオーガキングの動きが止まった。オーガの姿も見えない。

もしオーガがすべて喰われてしまったなら、次の矛先はこの村になるのではないだろうか。

「チサさん、この家で最後です！」

「はい！」

私はローラさんと最後の家の扉を叩き、脱出経路を伝えてからやまいろ亭に駆け戻った。鞄を持ち、ゴブくんの角をポケットに入れ、逃げる準備を完了させる。

武装したおかみさんは私とローラさんに淡々と言った。

「ここであたし達が時間を稼ぐから、アンタ達は逃げな」

「駄目ですよ！　死んじゃいますよ!!」

私の言葉におかみさんは笑う。

「オーガキングの出現を聞いた時から、生き延びようとは思ってないよ」

「おかみさん!!」

ローラさんも叫ぶ。私は必死でおかみさんのエプロンにしがみついた。

「駄目です、死んだら泣く人がいる時点で、その人には死ぬ権利なんかないんです！」

——シルビア……死なないで、死なないでくれ……

どこかから耳鳴りのように声が聞こえる。

今のは何？　と思いつつも、私はその声を振り払った。

「逃げましょう！　地下に逃げればいいんです！　たしか前に、おかみさんのやまいろ亭の地下に避難所があるって言っていましたよね。そこに隠れて、勇者を待ちましょう！」

オーガキングはオーガよりも鼻が利かない。

もしかしたら、ゴブリン、ホブゴブリン、オーガと、ともすれば自分の弱点となってしまう嗅覚(きゅうかく)の良さを克服するためにどんどん嗅覚(きゅうかく)を鈍くしていったのかもしれない。しかしそこにつけ込む余地がある。

「逃げましょう、死んじゃ駄目です！」

私は声を張りあげる。深い記憶に沈んでいたものが、少しずつ浮かび上がってきた。ズキズキと痛む頭が、この風を懐かしいと告げる。

昔、いろいろなことがこの地であった。私はきっと、そこにいたのだ。

＊＊＊

王都から馬車を走らせて五日目の深夜に、グレンの持っていた連絡石が震えた。

〈緊急連絡！　緊急連絡！　シシュ村より！〉

「な、何だ⁉」

座席に横になっていたグレンは飛び起きたようである。同じく直人も目を覚ます。

〈シシュ村より！　オーガキング出現とのこと！　助けを求める連絡があり、以降通信がつながりません‼〉

「オーガキング⁉」

グレンから悲鳴のような声があがった。すぐに馬を操る馭者（ぎょしゃ）へ叫ぶ。

「じょ、冗談じゃない！　おい、引き返すぞ！　軍隊でも足りん！」

「ちょっ……‼　駄目です！　行きますよ！」

直人は彼の声に重ねて叫んだ。

冗談じゃない、はこちらの台詞（セリフ）である。まさに今襲われている人達を見捨てるなんてできない。

その中に彼女がいるかもしれないのであれば、なおさらだ。

「勇者殿！　あなたは知らないでしょうが、オーガキングは冒険者が束（たば）になってかかっても、倒せない相手ですぞ！」

「じゃあ何のために俺を召喚したんですか！　それすら倒せず、魔王を倒せるとでも⁉」

直人の叫びにグレンは言葉に詰まったようだ。しかしすぐに立ち直った表情を作る。

「駄目といったら駄目です！　勇者殿が死んだら、私がどうなると――」

顔を真っ赤にして叫ぶグレンを一瞥（いちべつ）すると、直人は立ち上がった。

「なら、他の人には勇者が暴走したと言ってください。あなたは必死で止めた、と」

「なっ……！　この私にそんなことを言って……」

お決まりの脅し文句をはこうとしたであろうグレンに背を向けて、直人は疾走中の馬車の扉をあけると、そこから飛び降りる。

馬が驚いてヒヒーン、といないた。直人は危なげなく地面に着地すると、鞘に収まった剣の柄に手を置いた。リリン、と鈴の音のような声がする。

『風の精霊を呼び出します。勇者様』

「お願いします」

直人が馬車に乗っていたこの五日間。決して時間を無駄にしていたわけではない。

直人は四大精霊すべてと契約を終えていた。精霊と直人は話せないが、剣がその仲立ちをしてくれている。そのため彼は精霊の力を使えるようになっていた。

また、剣は『風の精霊の力を借りれば、この馬車よりも早くシシュ村へ飛んで行くことができる』とも告げてくれる。だが彼女がシシュ村にいるという確証がない以上、彼女を再召喚してくれるというグレンと袂を分かつのはためらわれた。

しかし、グレンがシシュ村に行かないというのであれば話は別である。連絡石から聞こえた声が耳から離れない。どうしてもその声の主をたしかめたいのだ。

馬車を飛び降りた直人の周りに、風がふわりと集まってくる。

『飛びますよ、勇者様』

頷(うなず)く直人の耳に、遠く叫ぶグレンの怒声がかすかに聞こえた。

馬よりも速く、空高く、直人は風を切って飛んで行く。あまりの高さに一瞬臆したが、安定感のある飛行が続くうちに慣れていった。


月の明かりに照らされ、巨大なオーガキングの姿が見えたのは、その一時間ほど後のこと。

直人がシシュ村にたどり着いた時、オーガキングは、森からシシュ村へと向かっているようだった。

村に人の姿は見えない。丸太の杭を踏み荒らし、オーガキングはついに村へと進入する。

村の中央で仁王立ちしたオーガキングは、巨大なオノを振り回して建物を破壊しはじめた。村を囲む柵は倒され、いくつもの家が潰れていく。

オーガキングの振り下ろしたオノが、大きめの建物をかすめた。オノが当たったのか、直人の足元に「やまいろ亭」と書かれた看板が飛んでくる。

「誰もいない……？　まさかみんな……」

不気味なほど人気(ひとけ)がなく、不安を感じた直人に、剣は語りかける。

『大丈夫です、勇者様。血の匂いはしません』

その声に安堵の息を漏(も)らし、直人は剣を抜いた。

暗闇に、七色の光が溢れる。その光に気づいたのか、オーガキングは振り上げていたオノを下ろし、後ろを向いた。

「グオオオオオオ！」

憤怒の雄叫びがあがる。

力強いその声は、直人を怒っているようにも挑発しているようにも思えた。

直人は剣を構える。剣は彼の手にしっかりと収まり、オーガキングの喉、額、左胸に赤い光のようなものが見えた。

『オーガキングの隙のある場所、及び弱点を可視化しております。勇者様』

そんなこともできるのか、と思いながら直人は頷く。

襲いかかってくるオーガキングのオノの一撃を、危なげなくかわして直人は後方に着地した。

体が軽い。思うよりも先に体が動くのが分かる。

炎の精霊がオーガキングの目の近くで激しく光る。目がくらむほどの強い光でオーガキングはふらついたようだ。

水の精霊がオーガキングの足元を濡らし、土の精霊が地面を隆起させたことで、ついにバランスを崩す。仰向けに倒れ込んだオーガキングは、その大きなオノを手放した。

『勇者様、私の望みとあなたの望みは同じです』

鈴の音のように剣は囁く。直人は剣を構えなおすとオーガキングの真上から飛び込んでいった。

その剣がオーガキングの左胸へ、まっすぐに吸い込まれていく。迎撃しようとしたオーガキングの手は、炎の塊に包まれて燃えあがる。

『あなたを守り、敵を倒しましょう——すべての敵に永遠の安らぎを』

呟く剣の声は、オーガキングの断末魔の叫び声にかき消され、直人にも聞こえなかった。

「アンタ、良くやったねぇ！」

直人が剣を手にしたまま息をはくと、先ほどオーガキングのオノがかすめていた大きな建物から、恰幅の良い女性が出て来るのが見える。

破顔する彼女の声を直人はどこかで聞いた気がした。

「あ、もしかして連絡石の……」

「そうだよ、勇者様！　五日ぶりだね！　いやぁこれはさすがに死ぬのかと思ったけど、来てくれて良かったよ！」

その女性の後ろから、眼鏡をかけた若い女の人が顔をのぞかせる。

「おかみさん、まだ外に出たら危ないですよ！」

一瞬彼女かと思いきや、連絡石で聞こえた声とは違った。直人は息をはく。顔をのぞかせた彼女は、倒れ伏したオーガキングと、七色の剣を持った直人を見て驚いたように叫ぶ。

「信じられない！　オーガキングを倒すなんて」

「ねえ！　さすが勇者様だね、ローラ！」

「あの、他の人は……!?」

快哉を叫んでいた二人は、左右を見回す直人に笑みを浮かべて返事をする。

「ああ、みんなで地下に隠れていたのさ。オーガキングは鼻が悪いので、目に見えない場所に隠れていれば見つからないって言うから」

「チサさんのおかげですね」

「えっ……!?」

微笑みあう二人の交わした言葉に、直人は過敏に反応する。

「チサさんって……立石さん!?　立石さんですか!?」

聞き覚えのある名前に直人が勢い込んで尋ねると、おかみさんはきょとんとした顔になった。

「タテイシさん？　それはチサのこと？　あの子はチサとしか言ってなかったけど、ローラ、あんた知ってるかい？」

「え、いえ……。私にも特には名乗ってなかったです」

ローラと呼ばれた女性も首を傾げる。おかみさんは直人に顔を向けた。

「チサなら地下にいるよ。知り合いなら行ってみたらどうだい？」

「……!!　ありがとうございます！」

矢も盾もたまらず、直人はおかみさんが指し示す地下の入り口へと走っていく。

細い通路を降りると、薄暗いが大きめの空間が広がっており、そこにはたくさんの人がいた。

彼らは直人の持つ七色の剣を見てざわめく。

「おお、勇者様!?　何と……助けに来てくださったのか！」

「神様、感謝します……！」

人々は口々に喜びを伝えてくる。しかし彼女の姿は見あたらない。直人は必死で視線を左右に巡らせる。

「立石さん、立石さん⁉」

その声に、応じるものはいなかった。

やはり違うのか、彼女がいるわけではないのか、と直人は肩を落とす。

「……あれ？」

後から追いかけてきたおかみさんは、直人の後ろで不思議そうに声を漏らした。

「チサ？　チサ⁉　……いないね。アンタ達、チサはどこだい？」

おかみさんの言葉に、みんなは言葉の返しようがなさそうにざわめく。

「あれ……あの子どこ行った？　さっきまでいたよな？」

出口は一つなのに、消えるはずもない。

困惑するおかみさんに、ある少年が母親の後ろから顔を出して言った。

「おかみさん、俺見たよ。あの人ね……消えちゃったよ！」

「消えちゃった⁉」

すっとんきょうなおかみさんの声が響く。直人の胸に不安が押し寄せる。

少年は続けて話す。

「あのね、あの人の足元に丸い円が現れてね」

直人は思い出す。召喚の準備をする、とグレンは言っていた。

「とぷん、って地面に沈んで消えちゃった」

そう、王都に、再召喚すると。

「……立石さん！」

そこには、彼女の鞄だけが残されていた。

オーガキングの叫び声が消えた後に、おかみさんとローラさんは外を確認しに出て行った。

もしかして勇者が来た⁉

私はポケットの中で握りしめていたゴブくんの角から手を離し、おかみさん達の後を追う。小走りで通路を進もうとした瞬間、ぽっかりと私の足元に穴があいた。

こんな穴なかったはず、と思う間もなく、あっという間に私の体が宙に浮かぶ。

「きゃあああああ！」

突然、私は深い闇の中に落ちていった。

かつてのよりもそれは短く、いつの間にか私は地面にたどり着く。閉じていた目をあけると、私の目の前に広がる光景は信じられないものだった。

そこは巨大なドーム状の室内。足元には円形の魔法陣——かつて自転車置き場で見たことのあるものと同じ模様が描かれていた。

「王国の魔法陣」というゴブくんの言葉が思い出される。

円形の広いホールの中には、私に対面する形で椅子に座った巨体の男性がいた。

王冠を被り、偉そうに座っているのでおそらく王だろう。以前ローラさんが「エルゼン王」と言っていた記憶がある。その手にはひし形の白い石——連絡石が見えた。

「で、勇者とは合流できたのか？　グレン」

エルゼン王が尋ねると、石から大きな声が聞こえる。

〈いえ、今向かっているところです、父上〉

その声はいかにも不機嫌そうであった。勇者という言葉に私は耳を澄まして話を聞く。

〈父上。信じられぬことに、あの小僧がオーガキングを倒したようです！〉

「ふむ。よいよい。多少のわがままは許してやれ」

〈ですが父上！　奴は私を馬鹿にしたのです！　私を差し置いてオーガキングを倒すなんて！〉

怒りに震える声とは対照的に、エルゼン王は楽しげに笑う。

……というか私はガン無視ですか。説明とか何かないのか。

私がじと目で睨み続けていると、エルゼン王はつるつると光った床に座り込んでいる私に視線を向けてくる。そして彼はニヤリと笑った。

「だからこそグレン。こちらには言うことを聞かせる切り札があるではないか」

〈狭間にいる仲間ですか？〉

「いや狭間ではない。召喚の手配がてら調べさせたところ、勇者の仲間はこの世界にいた。エサをとられてはたまらんからな。至急、王城へ召喚させたのだ」

〈何と……さすが父上！〉

私の耳には「越後屋、お主も悪よのう」「いえいえお代官様こそ」というような会話が届いてくる。

こいつら絶対悪人だ、と聞いているだけで思った。

私はちらちら周囲を見回しながら、逃げるチャンスをうかがう。

しかし周りをローブを着た男達や警備兵に囲まれていて、ほんの少しの隙も見つからない。

「……ほう、着いたか」

連絡石から伝えられた声に、エルゼン王は笑いながら私にその連絡石を放り投げた。私は慌てて受け止めつつ、何を、と目を瞬かせる。手の中の石から声がした。

〈……でしょう。声でもかけてみたらどうですかな〉

グレンと呼ばれた男の慇懃無礼な言葉の後に、連絡石は少しの沈黙。そして声がする。

〈——立石さん!?〉

焦ったような、心配そうな声。

聞き慣れた隣の席の——笹川くんの声。ああ、やっぱり勇者は彼だったのだ……!

その瞬間、思わず私は言葉に詰まってしまう。

彼と自転車置き場で離れてから、いろんなことが起こった。

わけの分からない場所に飛ばされるわ、ホブゴブリンに襲われそうになるわ、オーガに囲まれるわ、オーガキングに遭遇するわ——

ゴブくんと話しても、おかみさんやローラさんに親切にされても、ずっと消えない気持ちがあった。

いつもと同じ日常が――朝起きて学校に行って、友達と遊んだり電話したり、両親とテーブルを囲んでテレビを見ていた日常が消えて、だいぶ経つ。

寂しかった。誰かと話したかった。日本を知る、誰かと。

「さ……笹川くん‼」

我知らず、涙声になってしまった。

いけない、心配をかけてしまうと私は慌てて口を閉じる。しかし反対に連絡石は激しく震えた。怒りと心配のない交ぜになった笹川くんの声がホールに響く。

〈立石さん、立石さん⁉　大丈夫⁉　どうしたの、怪我は？　何かされてない⁉〉

私はこくこくと頷くも、連絡石の向こう側には通じてないだろうと思い至り、返事をしようとした。けれど喉の奥が熱くって、声を出そうとすると震えてしまうのだ。

「……だ、大丈夫！　笹川くん！」

〈全然大丈夫じゃなさそうなんだけど！　……エルゼン王、彼女に何かしたら、どんなことがあろうと俺は絶対に許しませんから！〉

怒りの声が、光る連絡石を通じて届く。

笹川くんが怒る声を聞くのは初めてだ。私は鼻水をすすりつつ彼をなだめるように話しかけた。

「ありがと、笹川くん。私は大丈夫だよ。今のところ」

〈今のところってあたりが怖いんだけど！　立石さん！〉

「生きてる生きてる」

〈生きてるのは大前提！　ひどい目にあってない!?　怪我とかさせられてない？〉

「うーん……」

しいて言うならゴブくんに殺されかかったり、おかみさんから優しさの攻撃を受けたくらいだ。

完全に治ったが、頭のたんこぶのあった位置を撫（な）でながら私が曖昧（あいまい）に返事をすると、連絡石の向こうで怒りがふくらむ気配がした。

しまった、これは誤解させたかもしれない。

「あ、あのね、笹川くん……」

説明しようと言いかけた私の言葉を、彼の声が遮（さえぎ）る。

〈すぐ行くから〉

笹川くんの低い、怒りの声。

クラスメイトの意外な部分を知ってしまったような気分で、私の心臓が跳ねた。

驚きとも何とも言い難（がた）い、何かの感情で。

〈絶対俺が守るから、待ってて。立石さん〉

「笹川くん……」

私が呟（つぶや）いた時に、連絡石にザザッというノイズが入った。

〈感動の再会はそこまででよろしいか？〉

グレン、と呼ばれた男の声だった。おそらく笹川くんから石を奪ったのだろう。

石から響くのはいかにも高慢そうな声。

〈では勇者殿。誰があなたのご友人を大事にお預かりしているか分かりますな?〉

笹川くんの声は聞こえない。

〈王城に戻る必要はありますまい。ご友人は城で安全に過ごしているのですから。ご友人のためにも、このまま南のダルメン村まで行き、鍵を手に入れて魔王城へ向かわないとなりません。お分かりいただけますな?〉

要約すると、「友達を人質にとってるから言うことを聞けや」ということである。

そしてその人質にとられている友人というのはまず間違いなく、私のことだろう。

「笹川くん! 駄目だよ、笹川くん!」

悪人に屈してはならないし、危ない目にもあわせたくない。でも私の安全も確保してほしい、と叫ぼうとすると再度、連絡石からグレンの声がする。

〈おっと、ご友人はここまででよろしい。勇者殿のお帰りをおとなしく待っていていただこう〉

そしてぷつ、と光が消える。

「笹川くん、笹川くーん! もしもし! もしもーし!!」

思わず連絡石をガンガンと叩くと、近寄ってきたエルゼン王にそれを奪われた。

「こら、これは王国の秘宝である。壊されてしまっては困るのでな」

ふん、と私を見下ろすエルゼン王に、なら投げるな、とつっこみたい。

しかしさすがにここでつっこめるはずもなかった。空気を読める私、偉い。

そんな私をじろじろと王は見て、ハッと鼻で笑う。

「美しい女であれば囲ってやっても良かったが……どうも異世界の女は私の好みではないのでな」

果てしなく失礼な台詞(セリフ)をはく王だ。何ということでしょう。こちらにも拒否権というものがある。いや、ないかもしれないけどあってほしい。

エルゼン王が「おい」と合図をすると、脇にいた兵士達は私に近寄った。拘束しようというのか、縄を手にしている。

「ちょ、やめて！　お、おまわりさーん！」

「おとなしくしろ！」

兵士は暴れる私の手をひねり上げる。痛みに小さく悲鳴をあげると、王は面倒くさそうに私の周りの兵士達を制止した。

「ああ、待て。勇者に知られたらまずい。怪我はさせるな」

「ははっ！」

王の言葉に、兵士達は従順に返事をした。そのまま手早く、私は縛り上げられる。ご丁寧にさるぐつわまでかまされた。

「んんー！　んーんーんー!!（馬鹿ー！　メーターボー！）」

聞こえないのをいいことに、ここぞとばかりに私は巨体メタボを罵(ののし)ることにする。

「ふん、南の塔へ連れて行け！」

少なくとも罵(ののし)られているのは分かったのだろう。不愉快そうに王は手を振った。

そのまま私は担(かつ)がれ部屋を出る。重そうな扉が私と王の間でばたんと閉じられた。

私が連れて行かれたのは、白い塔だった。兵士は私を担いだまま、何重もの扉をくぐり、ひたすらのぼっていく。

その最上階らしきところにたどり着くと、四つほどの牢があった。

兵士は突き飛ばすように私をその中の一つに入れる。私の両手の縄は解いてくれたが、足の縄とさるぐつわはそのままだ。

私がそれらを解いている間に、彼はガチャンと檻の鍵をかける。

「ちょ……ちょっと！」

閉ざされた檻を両手で掴んで叫ぶが、兵士は入り口の重い扉を閉じてしまった。そして周囲は静まりかえる。

逃げようにも、両手で握った檻の柵は押しても引いてもびくともしなかった。

「誰かー！　だーれーかー！」

うす暗い牢内に響く私の声に、反応するものはいない。

「……どうしよう」

私は檻の柵を掴んだまま途方に暮れた。

鞄は落としてしまったし、何かないかと私は両手で体をさぐる。ポケットにも手をつっこむと、つん、と手の先に固いものが触れた。

「あっ」

ゴブくんの角笛であった。これはいける、クレームの雄叫びを、と意気揚々と私はそれを吹いてみた。

ふすー。

「……あれ？」

そうだった、音が鳴らないんだった。いや、でもこのまま吹き続ければゴブくんに届いて、何らかのパワーで助けに来てくれるはず。

そう信じて、私はふすーふすーと鳴らない角笛を吹き続けた。

すると、すぐ近くから、声が聞こえてくる。

「おいおい、うるさいぞお嬢ちゃん」

「ゴブくん⁉」

私が叫ぶも、ゴブくんの姿はない。声がしたほうを見ると、私の入った牢の向かい側に、一人の男性がいるのが見えた。もしかして最初からいたのだろうか。動揺していて周りをちゃんと見ていなかった。

横になっていた体を起こして、彼は私に視線を向ける。

「誰がゴブリンだ、誰が」

顔をしかめるのは、金髪碧眼で精悍な体つきをした青年である。乱暴な物言いに反してその服装は気品が溢れており、身分が高そうだった。

「何だぁ……ゴブくんじゃないのかぁ」

「……ゴブリンじゃなくてがっかりされるのは初めてだ」

私の言葉に彼は眉間に皺を寄せた。私が今求めているのはゴブくんパワーなのだ、と思いつつ私は彼に尋ねる。

「お兄さんも捕まってるんですか？」

「……まあ捕まっていると言えばそうだが」

彼は眉間に皺を寄せたまま、頷いた。私はさらに尋ねる。

「何でまた？」

「何でって……俺が邪魔だったからだろうなぁ」

「ほうほう。あの王の大きさほど邪魔ではないでしょうに」

「くくっ、なかなか言うな。お嬢ちゃん」

「いえいえお代官様こそ」

「何だそれは」

残念ながらこの世界では、お代官様と言っても通じないのであった。

私は改めて自己紹介する。

「あ、お嬢ちゃんじゃないですよ、千紗です」

ふむ、と彼はあぐらをかいて、腕を組む。

「俺は王国の第一王子、フィリップ・カスツールだ」

私はぽかん、と口をあけた。その反応を、彼はにやにやと満足そうに見る。

「えええええええええ!?　何で王子様が牢屋に入ってるの!?」

思わず敬語もすっとんだ。

彼は苦虫を噛(か)み潰したような顔で、ため息をついた。

「馬鹿グレンの勇者召喚に反対したら、王に蟄居(ちっきょ)を命じられてなぁ。名目上は別宅に謹慎(きんしん)していることになっているんだが、実際にはここよ。まぁ馬鹿グレンが王位を継承するのが決まったら、食事に毒でも盛られるんじゃねぇか。かつての弟二人のようにな」

昼ドラもびっくりのひねりのない展開であった。

そういえばそんな話をローラさんから聞いたことを思い出した。

「何とまぁ……大変だね、フィリップさん」

私が慰めるように言うと、どこか達観したような調子でフィリップさんは言う。

「まあ勇者召喚をさせまいと、いろんな裏工作したんだがなぁ。それでも失敗したわけだから、俺の力もそこまでってことだ」

「第一王子でも止めきれなかったの？」

んー、と彼は首を傾(かし)げる。

「ここは国王が一強だからな。逆らえば第一王子だろうが誰だろうが首は切られる。俺がまだ生きているのは、民の人気があるからで、さすがの王も強硬手段がとれなかっただけだな。だけどそれも、グレンが民衆の人気を得たと判断したら終わりだろう」

何と恐ろしい世界、と震える私をよそに、彼は淡々と話している。

冷静、というよりは他人事のようだ。

まるで死ぬことすら、恐れていない様子に私は思わず呟く。

「……フィリップさん、何だか死ぬのが怖くないみたい」

「……まぁいろいろあってな」

彼はがしがしと頭をかくと、私に視線を向けた。

「お前のほうこそ、何でこんなところに？」

そう聞かれて、どう答えようか迷ったけれど、このままではどうしようもないことはたしかである。

敵の敵は味方という。何か手はないか、と私は思いきって彼に現状を相談することにした。

「それがまた、聞くも涙、語るも涙の物語が」

何てうさんくさい、と言いながらもフィリップさんは私の話に耳を傾けてくれる。

私は、異世界から召喚されたこと、勇者と呼ばれている笹川くんのこと、そして笹川くんに言うことを聞かせるために人質にされていることを伝える。

ふむ、とフィリップさんは自分の顎に手を当てて呟いた。

「呼び出しただけじゃなく、本気で勇者を魔王退治に行かせる気か。まったくアホ王が……」

低くなった彼の声は、どこか怒っているかのようだった。

首をすくめる私に、フィリップさんは怒りの気配をゆるめて笑う。

「ああ、いや。そもそも勇者召喚っつっても、成功確率は低かったし、そんなもんに魔力を使ったのかと思ってな。中途半端に成功したらまずいことになってただろうし、成功して良かったな」

「……ちなみに中途半端に成功すると？」

「世界と世界の狭間に閉じ込められて、自力じゃ出られなくなる」

「……」

恐ろしいあのメタボめ。蚊が奴を集中的に狙う呪いをかけよう、と私は思った。

フィリップさんは続けて言う。

「術自体は前からあったんだが成功してなかったんだ。少なくとも、成功するだけの核がなかったからな」

「核？」

「異世界とこの世界をつなぐ鍵みたいなもん？」

なるほど、分からん。

私はふむふむと頷いて話を変えた。

「フィリップさん。できれば私、ここを脱出したいんだけど何か方法ないかな？　隠し扉とか」

「牢に隠し扉があったら問題だろ？」

「ですよねー」

そう言われるとその通りである。私はしょんぼりとうなだれた。

「まあ実はあるんだが」

あるんかい。

思わず裏拳でつっこみかけた。笑いながらフィリップさんは話す。

「その隣の牢に下につながる扉がある」

当然ながら、私の牢と隣の牢との間には石でできた壁がある。

私が壁を叩いてみると、鈍い音が響く。素手で穴をあけられるほど柔らかくはなさそうだ。

「食事にスプーンとかついてきたらそれで削るか、ビーバーに生まれ変わるのを待つか……どうしよう」

「ビーバーが何かは分からんが、両方なかなかの長期戦だな。ほらよ」

呆れたように言って彼は私に小さな剣を放った。檻の隙間から飛び込んできた剣を慌てて受け止めると、ずっしりと重い。大きさは懐剣ほどで、鞘の部分に綺麗な細工がほどこされていた。

「食事についてくるスプーンは木製だから削れない。それを使え」

「何と至れり尽くせり。ありがとうフィリップさん」

お礼を言って剣を鞘から抜くと、私は隣との壁をガリガリ削り出す。すると、ほんの少しずつではあるが、壁が削れていった。ただ、人が通り抜けられるようになるまでには、けっこう時間がかかりそうだ。

それにしても、剣を持っているのに彼はなぜ逃げようとしなかったのだろう。

「フィリップさんはいいの？　逃げないの？」

私が尋ねると彼は肩をすくめた。

「さすがにその剣で鉄柵は削れないからな。壁を削ったところで、俺の入っているほうの隣には隠し扉ないし」

「うーん……じゃあ私、上手く逃げられたら助けに来るよ」

「あー、いい。別にいい」

彼はしれっと手を振る。いいと言われても心苦しいなぁ、と思いながら私は壁をガリガリした。

「俺は逃げられないわけじゃない。逃げないだけな。俺の目的のために、どうにか王国魔術を使いたかったんだが……」

「目的って？」

薄暗い牢の中で、彼はごろりと再び横になった。

「大事な人が、いたんだ」

「……」

「ある国の姫でな。小さい頃から見守っていた。明るく可愛らしく、花が咲くように笑う人だった」

何歳から見守っていたかによっては、彼にロリコンという不名誉な称号がつきかねない、と思いつつ私は黙って聞いていた。

「けれど、死んだ。俺のせいだ。俺が守りきれなかった」

彼の言葉には、果てのない絶望と怒りと悲しみがあった。

「生き返らせたい。どんなことをしても。どんな犠牲を払っても」

それきり彼は口をつぐむ。私は黙って壁を削り続ける。

何も言えなかった。状況が分からない以上、彼のせいではないと無責任な言葉なんてかけられない。犠牲を払うなんて彼女は喜ばない、と言えるわけもなかった。

私はその姫のことを、何も知らないのだから。

食事を持って塔の階段を上がってくる兵士の足音が聞こえてくるまで、牢内には私のガリガリと壁を削る音だけが響いていた。

それから三日。

「や……やったー！」

やっと壁が開通した。手が疲労でぷるぷるしている。部屋が暗いこともあり、兵士が来た時、私は穴が見えないように身をよせて隠していたので幸いばれずにすんだ。隣の部屋との壁は予想外に厚く、なかなか穴があかなかった。

それでも何とか穴をあけ終わり、私は向かい側の牢にいるフィリップさんに声をかけた。

「あいたよ！　フィリップさん！」

「おー、おめっとおめっと。とりあえず、隣の牢へ移動してみろ」

「うん」

私の肩幅がギリギリ入る程度の穴を無理矢理くぐり抜ける。隣の牢の中も似たような構造だった。

「檻（おり）の出入り口から一番離れた隅の床を掘ってみろ」

「はーい」

懐剣を使って私はざくざくと床を削る。土のようなものでできているようだ。

これだけ酷使しているのに、剣は刃こぼれ一つしていない。かなり良い剣っぽい。

「蓋みたいなのあったか？」

ざっざっと土を払いのけると、鉄板のようなものが見える。板に沿って土をどけていくと、それはたしかに蓋だった。

「あったよ！」

「それだ。一応隠し扉ではある」

「一応って？」

私が問い返すと、彼は続けて説明してくれる。

「そこは王族用に、もし何かあった時に、逃げられるように設置されてる隠し通路なんだ。当然俺も父親……エルゼン王から聞いたわけよ」

現在、彼とエルゼン王は冷戦状態だと言っていた。

自分に従わない息子を冷遇する王と、それゆえ牢に閉じ込められた彼。

「もしかしたら、俺の脱出を防ぐための罠とか仕掛けられているかもしれん」

「うわぁ」

「もちろんどうなっているかは分からんが、可能性としてはありうる」

フィリップさんは隠し通路があるのとは別の牢に入れられているのだが、それでも何らかの手段で逃げ出さないとは限らない。そうしてそれをあの王が見過ごすだろうか。

私はずらした鉄板の下をのぞき込む。そこには真っ暗な空間が続いている。

梯子（はしご）はなく、一度降りたらのぼる方法はなさそうだ。

「どうするかは、チサの好きにすればいい」

「……」

さあどうしよう。牢に閉じ込められて三日。食事はもらえているが、何かあったら私は笹川くんの人質として引き出されるだろうことは想像がつく。

しかし逆に、逃げ出すことによって笹川くんとまたすれ違ったりする可能性もある。某ＲＰＧ（ロールプレイングゲーム）のふらふら移動する王子にイラッとした記憶のある人もいるだろう。

正解なんて誰にも分からない。行くか、行かないか。それだけだ。

「フィリップさん、ありがと」

私は懐剣（かいけん）を彼に向かって投げた。「おっと」と言って彼はそれを受け取る。

「行ってみる」

「気ぃつけてな」

彼が笑って言う。

どこかで見たことのあるような笑顔に首を傾（かし）げる私に、彼は手を振る。

「蓋（ふた）は閉めとくし、しばらくは脱出がばれないようにしておく」

「え、できるの？」

「まぁな」

「そっか、ホントにありがとね。行ってくる」

何かまだ道具を隠し持っているのだろうかと思いながらも、私は彼に手を振り返すと真っ暗な空間に飛び込んだ。

落下する間、そういえばと思い出す。

――人間には聞こえないはずの角笛の音を、どうして彼はうるさいと言ったのだろうか。

そんなことを考えているうちに、とすん、と地面に足が着いた。理由を聞くには遅すぎる、と私は上の穴を見上げて気づく。

私が動かした鉄板が再度ずれて、かすかな光が差し込んでいた四角い空間がどんどんふさがっていく。不思議に思うことはいくつかあったが、今は進むしかない。

私の周りが完全に真っ暗な状態になった。湿気（しけ）った通路を、私は慎重に歩き出す。

一本道の行く先にはただ闇が広がっていた。


牢の中で、フィリップは右手をパチリと鳴らした。みるみるうちに重い鉄板がずれて穴をふさぎ、まるで何もなかったかのように元通りになる。

「さて、と」

彼は立ち上がると、自分の牢の扉に手をかけた。キイ、と音を立てて扉が開く。かけられていたはずの鍵は、ぐにゃりと折れ曲がっていた。

「勇者か……」

フィリップは呟（つぶや）く。

勇者が召喚され、そして今南のダルメン村に向かっていると彼女は言っていた。

「とすると、闇の洞窟か……」

魔王城の門は、三百年前よりずっと閉ざされている。魔王の娘、シルビアが亡くなったその瞬間、城には透明の結界が張りめぐらされた。

門を開く必要性がなくなったのだ。もう彼女がいないから。

その洞窟に飾られた闇の精霊の宝石は、魔王が持っていたものだ。戦いのどさくさに紛れて当時の国王が盗んでいった。その宝石の力があれば、魔王城の門をあけられる。

「魔王様にお伝えすべきか……いや」

彼は自嘲（じちょう）するように笑った。

「魔王様には、もはや合わせる顔もない」

彼は、カスツール王国の中枢（ちゅうすう）へと侵入し、誰にも知られずに幼くして亡くなった第一王子と入れ替わった。そしてシルビアを生き返らせる方法を探し続けている。

異世界からの召喚魔法陣を応用すれば彼女を生き返らせることができるのでは、と気づいた時には、すでに勇者召喚は決定していた。どうにか覆（くつがえ）そうとしたが、人に扮（ふん）した身ではなかなか難しく、ついにはグレンに陥（おとしい）れられ、投獄されてしまう。

「どうせ勇者召喚なんて失敗すると思ったが……まさか成功するとは」

勇者召喚が失敗したならばそこにつけ込んで、逆にグレンを陥（おとしい）れ、舵をとろうと思っていたらこれだ。成功するための核はなかったはずなのにいつの間に揃えていたのか。

時間だけならたくさんあると思っていた報いかもしれない。魔族の命は長く、彼女の時と命はすでに止まって久しい。

脳裏に、彼女の姿を思い浮かべて彼は呟(つぶや)く。

「……姫」

守りきれなかった魔王の愛し子をとり戻すためならば、どんなことでもする。

瞬(まばた)きをする間にフィリップの姿が変わっていった。金色の髪と青い目は黒く染まり、青いマントは黒く変わり、肌の色は浅黒くなっていく。

第一王子フィリップ――いや、魔王の側近である魔族ザイエンは窓のない壁をすり抜けると、黒い羽を出した。

「魔王様の障害は、俺が叩き潰す」

たとえそれが王国の汚いやり方――人質をとられて無理強いされてのことであっても。

その人質は、すでに隠し通路に消えた。なぜ彼女を逃がしたのか、自分でもよく分からない。ありがとうと言って笑った彼女の姿が、どうしてか気になる。

ダルメンへと向かおうとしたが、後ろ髪を引かれるような気持ちで、彼は南の塔を振り返った。

# 第五章　闇の精霊

時は遡り、三日ほど前。直人がいるシシュ村にグレンが合流した。一方的に王都との連絡を切ったグレンは、直人を見下ろしてくる。

「ご友人は王都で我々が守ります。ご理解いただけますかな、勇者殿」

グレンはなだめるような笑みを浮かべた。しかし直人はキッと彼を睨む。

「人質として預かるということですか」

「……勇者殿。魔王を倒す旅は敵も多く、大変な道のり。女性にはひどく厳しい旅となりましょう」

直人はグレンの言葉に黙ったまま、その目に込める力を強めた。

「それゆえ勇者殿が魔王を倒すまで、我々がご友人を預かるというだけですよ」

彼の言葉に直人が納得していないことは伝わっているだろうが、グレンは「話はここまで」と打ち切った。そして宿の中を見回す。

やまいろ亭、と呼ばれるこの宿はオーガキングの被害を受けながらも、一部分以外は無事のようであった。

「とりあえず今夜はここに泊まりましょう。汚い宿ですが、他に宿屋もないようですし。おい、おかみ！　勇者殿と私の部屋を整えろ！　あと私の従者の分もな！」

おかみ、と呼ばれた女性はやれやれと肩をすくめる。

「はいはい、用意しますよ。ローラ、部屋の準備をしておあげ！」

「最高級の部屋だぞ、おかみ！　長旅で疲れているから、酒と食事も用意しろ！」

「はいはいはいはい」

エプロンをつけなおしておかみさんは厨房へと向かった。通りがけに直人の肩を叩く。

「アンタも、とりあえずお食べ」

千紗に対する扱いに、怒りを呑み込めずにいた直人は、唇を噛みしめたまま彼女を見返した。

やんわりと笑うおかみさんは、再度ぽんぽんと直人の肩を叩いてくる。

「まずは腹ごしらえだよ。魔王を倒すにも、チサを助けに行くにも」

おかみさんはこそりと直人の耳に囁いた。

「あの馬鹿王子をぶん殴るのも、ね」

そのいたずらめいた言葉に、直人の頬が少しゆるむ。

そして宴は開かれた。食事や酒が大量に用意され、おかみさんやローラは準備に走り回っている。

直人は千紗の話をおかみさん達に聞きたかったが、忙しそうに動き回る彼女達に話しかけるのは気が引けた。

そんな直人をよそに、グレンはひたすらに食べ、酒を飲み、取り巻きに自慢話を語っている。

直人は宴の席からそっと離れると、やまいろ亭の裏庭の草むらに座って、腰に差した剣の柄に手をやった。すぐに、剣が話しかけてくる。

『勇者様。王都へ戻りますか？』

一人で戻ることは可能である。だが、問題があった。

直人はため息をつくように答える。

「立石さんが、どこにいるか分からない」

グレンが、そして国王があんな態度をとるということは、間違いなく千紗はどこかに閉じ込められているだろう。それがどこかは、この国に詳しくない直人には分からない。

彼らの意に逆らうことと、従うこと。どちらがより彼女にとって安全だろうか。

直人は剣の柄（つか）を握りしめ、じっと闇を見た。

『王城ですと、南北に塔がありその中に貴人を閉じ込める牢があります。町ですと、あちこちに罪人を捕らえておく牢があります。その方がどこに閉じ込められているかは、私にも分かりません』

剣の言葉に直人は黙り込む。

彼のせいでこの世界に迷い込んでしまった彼女を、このままにしておきたくない。

「俺が勇者だっていうなら、彼女を守る力と勇気がほしい」

こんな自分に一体誰を守れるというのか。

『――あなたは勇者です。求めるのならば力も勇気も、あなたの手に』

しかし剣は伝える。確信を持って。

『勇者様、言われている通り、ダルメン村に向かいましょう』

「――？」

『ダルメン村に闇の精霊が封じられております。それを解放するには、王家の力が必要。今は力も勇気も心に秘める時です』

「闇の精霊？」

『はい』

剣は語る。悲しみの混ざったその声に、直人は耳を傾けた。

『魔の森を越え、西の果てに魔王城があります。そこは三百年ほど前より、門扉を固く閉ざし一度もあけることがありません』

その魔王城を中心に瘴気が溢れ、それに影響を受けて魔物が凶暴化して人を襲っている。

魔王城は誰一人通さない透明な結界が張られていた。唯一の出入り口である扉をあけるには、闇の精霊の力が必要だと剣は言う。

『また、闇の精霊の力はとても強く、闇から闇へ渡ることもできます。その力があれば捕らえられている方の居場所を探ることもできるでしょう』

「闇の精霊は協力してくれるのか？」

『私が説得いたしましょう』

頭に響く剣の声は、魔王という言葉を柔らかく伝える。決して憎んでいないその口振りに、直人は尋ねた。

「……君は、魔王のことを知っている？」

『はい』

剣の返事に迷いは感じられない。

『かつて王国と魔物の戦いがあった時に、私は魔王様のおそばにおりました。そしてその戦いの後、闇の精霊とともに、王国へ囚われてしまったのです』

ようやく剣が悲しげな理由が分かった、と直人は思う。

虹色に輝く剣は、王国の秘宝といわれ、すばらしい輝きと強い魔力を持ち、神殿に祭られていた。しかし剣が決して王国へと与(くみ)することはない。剣を手にしたものは、熱した鉄を手にしたかのようにひどい火傷(やけど)を負った。

時には精霊を使って反撃する剣を封じるために、あの神殿の部屋ができたのだと剣は語ってくれる。

『王国の秘宝も何も、私は元々魔王様のものです。王国は、自分の都合の良いように魔王様が悪だという物語を作りましたが、それはあくまでも王国側の言い分。私が見た真実は違います』

そうして剣は続ける。

『私と同様に囚われた闇の精霊は、ダルメン村の南の洞窟へ封じ込められました。その南の洞窟は王家の印がないと入ることができないのです』

「……なるほど」

会話をし続けることによって、直人は悟(さと)った。

彼らは決して人間側、王国の味方ではない。魔王に仕えていた剣と、その精霊達なのだ。

しかし、それでも剣は真摯だった。直人を陥れようとしているとは思えない。剣の言う通りに闇の精霊に協力してもらって、彼女を探すのが良いだろうと思った。

「……立石さん、無事でいてくれるといいけど……」

彼女の涙声を思い出すと、焦燥感で胸が締めつけられる。

できるだけ早く、彼女を救い出したい。いつも隣の席でそうだったように、彼女には笑っていてほしい。

そんな直人を励ますように、剣は透き通る鈴の音を響かせた。

シシュ村を出てから三日。直人とグレン達は馬車を飛ばしてダルメン村に到着した。

風の精霊を使えばもっと早く着いたのだろうが、『長時間使うのは体力的に難しいでしょう』と剣が言うため、グレンの自慢話をぐっと我慢しながら直人は馬車に揺られていたのだ。

ダルメン村を出て少し進むと、やがて大きな洞窟が見えてきた。

「ここがその洞窟ですぞ、勇者殿」

王家の紋章と呼ばれるものをグレンが入り口にかざすと、入り口のしめ縄のようなものがぷつりと切れる。

「かつての戦いで闇の精霊を捕らえ、ここに封じておりました」

直人は黙って彼の後をついていく。グレンや直人が洞窟に踏み込むと、足元でパチッと静電気のようなものが走った。

「これは闇の精霊が無駄な抵抗をしておるのです。さあ、勇者殿、奥へ」

グレンは立ち止まって、直人を先に行かせるように手を広げる。

促された直人が先頭になって進んで行くと、最奥に小さな祭壇があった。そこには黒い真珠のような丸い宝石が置かれている。

禍々しく、歓迎されていない雰囲気が宝石からかもしだされていた。グレンは叫ぶ。

「無駄な抵抗ですな。……精霊よ、勇者殿と契約し、従うのならばここから出してやるぞ！」

返事はビシビシという地鳴りで返される。洞窟全体が怒りの気配で震えていた。

直人の腰に差してある剣が、それに呼応するように小さく振動する。

『勇者様、どうぞ私を抜いてください』

言われるままに直人がその剣を抜くと、薄暗い洞窟に、七色の光が差し込んだ。

洞窟全体に広がっていた禍々しい雰囲気が少し和らぐ。

『闇の精霊……私と一緒に来ませんか？』

剣は闇の精霊へと話しかけた。

『ここにいる彼――勇者様に協力してほしいのです。魔王様をこれ以上放ってはおけません。魔王様の悲しみを救うことができるのは、私達だけでしょう。……いえ、あの』

びし、と洞窟にヒビが入る。風もないのにガタガタと祭壇が震え、その振動が広がっていった。

何かやばそうな雰囲気がする。

震え続ける祭壇に、グレンは後込みをして「あとは任せましたぞ、勇者殿！」と逃げ出した。直人は祭壇から目を離さずに、じっと成り行きを見守ることにする。

『そうではありません！　落ち着いて！　……ああ』

再度の説得を試みているらしき剣が、しばらくなだめ続けた後に、ふっとため息のような声を響かせる。

『勇者様、すみません』

「うん」

『交渉決裂しました』

……だろうなぁ、と震え続ける祭壇と、ひび割れがどんどん広がっていく洞窟内を見上げて、直人は思った。

ドオ……ン!!

激しい土埃を立てて、洞窟が崩れ落ちる。土の精霊の協力で、生き埋めを免れた直人はそこから抜け出した。剣は彼に語りかける。

『闇の精霊は魔王様ととても親しく、今もなおその悲しみに寄り添っていたいと。端的に言うなら〝てめえ裏切るのか、このクソが〟と言われました』

「……端的だね」

ぱたぱたと土埃を払い落としつつ直人が言うと、足を踏み鳴らしてグレンがやってきた。その金色の頭に粉塵が積もっている。

「勇者殿！　我々が必死に封じていた闇の精霊を！　どうしてくれるのです！」

どうするもこうするも、交渉決裂したとしか言いようがない。

直人が返事をしようとすると——初めて聞く低い声がした。

「つまりはおまえらも、終わりってぇことだろ」

ざっ、と総毛立つ感覚に、直人はすぐそばにいたグレンを突き飛ばした。「何を」と叫びかけた彼と直人の手の間を、一筋の光が通っていく。その真っ黒な闇の光は地面を切り裂きながら爆炎を引き起こした。

「うぎゃあああ！」

間一髪、光から逃れたグレンはそのまま爆風でごろごろと転がっていく。

直人も後方へ回転しながら、体勢を整える。片膝をついて声の聞こえたほうに視線を向けると、そこにいたのは一人の男だった。

黒い髪と黒い目。一瞬日本人かと思ったが、浅黒い肌を真っ黒な服に包んだ二十代後半ほどの青年の姿が見える。直人達に向ける視線は冷ややかだ。

『ザイエン様——！』

剣が呟く。剣が名前に様をつけているということは、魔王側の人物に違いない、と直人は警戒を強める。

「よう。おまえが勇者か？」

「……一応、そうですね」

立ち上がって油断なく剣を構えながら、直人は応じた。しかし、ザイエンと呼ばれた男はずかずかと彼に近寄ってくる。

直人のすぐ前で立ち止まった男には、まったく隙がなかった。弱点を示す光が表示されない。顔を強ばらせて見上げる直人に、ザイエンは笑いながら言う。

「チサの居場所を知っている」

「……!?」

驚きに目を見開く彼にかまわず、ザイエンは指をパチリと鳴らす。すると再度地面はひび割れた。

直人はぱっと背後に飛んでザイエンから距離をとる。ひび割れた地面に手をつっこむザイエンは、その足元から黒い宝石をとり出した。闇の精霊だ。

「ゆ、勇者殿！　闇の精霊が奪われる！　早くとり戻すのです！」

大きな岩に隠れながら叫ぶグレンの言葉を無視して、直人はザイエンに鋭く尋ねる。

「彼女は、どこに!?」

「南の塔にいる。――死にかけているがな」

「なっ――！」

黒い宝石を手でもてあそぶように軽く投げては取りを繰り返しつつ、ザイエンは口の端(はし)を上げて尋ねてくる。

「今すぐ行けば間に合うぞ。けど、お前が行けば俺はこの闇の精霊を持って行く。……どうする？」

魔王退治か、千紗の救出か、どちらかを選べと男は言っているのだ。

彼女が本当に死にかけているのかどうかは分からない。そして男はおそらく魔族。魔族が封印を解くための石を持って行ってしまえば、二度と魔王の城へは入れないだろう。

　剣は沈黙を貫いた。決めるのは直人だと、言わんばかりに。

「勇者殿！　魔族の甘言にのってはいけませんぞ！　魔王退治こそが最大のお役目ですからな！」

　言外に千紗を見捨てろと言うグレンの叫びは、直人の耳に入らなかった。直人はじっと、ザイエンの目を見る。揺れることのない黒い瞳が、直人を見返していた。

「……剣。南の塔は、どこか分かるか？」

　直人は剣に問いかける。剣は柔らかな口調で答えた。

『はい。しかし窓はなく、入り口は一つですので、中に入るのは大変難しいかと』

「それでも、行こう」

　彼女を見捨てて得られる名誉など、何の価値もなかった。単に死にかけてるのが嘘で、騙されているだけならそれでもいい。彼女が無事でその塔にいるのならば。

「勇者殿！　ここでその魔族を見逃したとなると、あなたは反逆者ですぞ！　ご自身の立場をどうお考えなのですか！」

　再度グレンは非難の叫び声をあげる。

　直人は彼に視線を向けた。「ひっ！」と慌ててグレンは岩に隠れる。

「大事な人一人助けられない勇者になるくらいなら、反逆者で構いません」

　静かだが、決意のこもった声だった。

　それを邪魔するというなら、誰であっても倒して行く。その覚悟を察してか、グレンは顔色を赤から青に変え、それ以上何も言えないようだった。

ヒュウ、と口笛を吹いたのは、黙って様子をうかがっていたザイエンだ。

「おりこうさんだな。闇の精霊、褒美をくれてやれ」

揶揄するように笑って、ザイエンは手の中の石に向かって話す。

「……!?」

直人が驚いて彼を見ると、ザイエンの言葉に応じて、黒い石が震える。同時に、すうっと直人の目の前が暗くなった。

先ほどまで崩れた洞窟の上に立っていた直人は、突然の真っ暗な視界に戸惑う。彼の脳裏に冷静な剣の声がする。

『ここは南の塔です、勇者様。闇の精霊が、ザイエン様のお力も使って、塔まで飛ばしたようです』

「……南の塔。じゃあ立石さんが、ここに？」

まだ彼を勇者と呼ぶ剣の声に呟いて、直人は歩き出した。

湿気った匂いがする暗い通路で、地面に足跡のようなものを見つける。その足跡をたどる直人は、いつの間にか走っていた。

「立石さん……立石さん!!」

死にかけている、というザイエンの言葉がぐるぐると直人の脳裏を回る。

その通路を走って数分、千紗の名を叫ぶ彼の声だけが暗い空間に反響していた。

『勇者様！』

剣の鋭い叫びに、直人は立ち止まる。

そこには、倒れ伏した彼のクラスメイト……立石千紗の姿があった。

「立石さん!!」

直人の絶叫には、絶望の響きが含まれていた。

＊＊＊

笹川くんが現れる少し前のこと。

最初は一本道かと思えた暗い通路は少し進むと枝分かれしていて、どれが正しい道か分からず私はへとへとになっていた。

真っ暗な闇の中を歩き続けて、やっと私は小さな光を見つける。

「あっ、出口だ！」

喜びのままに、私は駆け出した。

――人を襲う罠、というのはひどく効率的にできている。

広い通路の一カ所に罠を設置したとしても、そこを通らないのでは意味がない。闇の中を歩き続けたものが、出口の光を見つけたらどうするか。すぐさまそちらへ向かおうとするだろう。気はゆるみ、警戒は薄れ、足元を見ることもなく。

数歩進んだ時に、踏んだはずの床がなかった。私は闇に足を踏み出したことを知る。

あっ、と思い、手を伸ばすも、どこにも引っかかる場所はない。真っ暗な世界に私の体は引きずり込まれていった。

「……っ！」

出口の光がぐんぐんと上へ消えていく。そして衝撃とともに、地面に叩きつけられ、私は息が一瞬止まった。あまりに強い痛みに、声すら出せない。体が動かない。

ザザ、と視界がぶれる。

地面に流れる濡れた血の感触と、どんどん冷えていく指先。

――私はこれを、知っている。

この痛みも、この苦しさも。消えていく命も、知っている。

そうして思い出す。

――ああ、私、かつてこうして死んだんだ。

懐かしいはずだ。私はここにいた。この世界に。

――魔王の娘、シルビアとして。

私、立石千紗は、魔王の娘の生まれ変わりであり、転生者なのだ。

私――シルビアが魔王の娘として魔王城で暮らしはじめたのは、おそらく六歳くらいだったろうか。

大きな城で父やその側近に、私はひどく過保護に育てられた。

それもそのはず、治癒能力の高い魔物に比べて私はたいそう虚弱体質であった。転んではすり傷をつくり、寒い時期になるとしょっちゅう風邪を引く。

「父はお前を絹に包んで部屋につっこんでおきたい。というか、頼むからおとなしくしてくれ」

黒く長い髪、尖った耳、そして威厳のある姿をした魔王――父は私に泣き落としをかました。しかし私は断固として外で遊ぶと主張する。

「父さまが子供は風の子って言ったじゃないの。ずっと部屋なんて嫌よ」

「お前の場合、風邪の子だ。治癒魔法も効かないし――父はこの世から風邪の菌を滅ぼす呪いを研究中である」

「魔王様はいわゆる馬鹿親ですなぁ。日に当たらなければそれもそれで、姫さんは病気になりますよ」

呆れ顔で父の側近――ザイエンが口を挟み、渋々外遊びを了承した父だった。

しかし外で遊んでいると、必ずと言っていいほど物陰からの父の視線が感じられる。

私がつっこむ前に、父はだいたいザイエンに襟首を掴まれ引きずられていったが。威厳が行方不明である。

七歳になると、魔物のことや魔法を教わりはじめた。私は才能がなく、ろくな魔法も使えなかったが「そこが可愛い」と父はべた褒めだった。「駄目だ、馬鹿親だ」と魔法を教えてくれていたザイエンがぼやいていたのを覚えている。

結局早々に魔法は諦めることとなり、暇と時間を持てあました私は、ゴブくん達など会話のできる魔物と遊ぶ日々が続く。

足の速いゴブくんに鬼ごっこで負け続ける私に、父が「アガラの実というものがあってな」と爆発させる裏技を教えてくれる。「……大人げない」とザイエンが嘆いていた。

しかしアガラの実を使うとその後しばらくゴブくんが遊んでくれなくなるため、早々に技は封印したのは言うまでもない。

そんな馬鹿親である父に見守られながらすくすくと成長し、私が十六歳を超えた時。

小さな不幸がいくつもいくつも重なった。

いつものように魔の森のゴブくんのいる里へ向かった時、私を護衛してくれていたザイエンに用事があって別の魔族の護衛に交代したとか。

道中、森の陰からたくさんの男達が現れ、よく分からない魔法陣で私の護衛が倒されてしまったとか。私を捕らえようとしてきた男達から逃げたらその先が崖だったとか。

雨の降った次の日で、地面が濡れていて滑りやすくなっていたとか。

そんな小さな不幸がたくさん重なって、崖下に叩きつけられた私は流れる血を止めることもできず、遠くなる意識と死という名の暗闇を感じていた。

――ああ、私は死ぬんだ。

――もしも私がちゃんと魔法を習っていたら、回復の魔法を使えたのかな。

――注意して歩いていたら、もしも……

今にも閉じようとするまぶたをこじあけて見上げた空は、泣き出しそうなほどどんよりと曇っていた。

血の海に沈んだ私を見つけた父は、この世のものとは思えないほどに悲痛な叫び声をあげた。父の使う回復魔法は、私の体を逆に壊してしまうのが分かっているので使えない。

もしも、私が――

父は蒼白(そうはく)な顔で、私を抱き上げる。父さま、と動いた私の唇に、父は耳を寄せた。

「シルビア……死なないで、死なないでくれ……」

死なないでくれ、とただ繰り返す父に私は小さく呟(つぶや)く。

「父さま、育ててくれて……ありがとう」

――もしも私が人間じゃなかったら、父さまにそんな悲しい顔をさせないですんだのかな。

「人間の子供の私を、育ててくれてありがとう……」

転んだだけで傷ができるほどに弱い存在を、大切に慈(いつく)しんでくれた。

大好きとありがとうを込めて、握られた手を握り返す。その後まもなく、私の視界からすべての光が消える。

――最後に見た父の顔は、絶望に染められていた。

戻って来た記憶が、あまりにも悲しくて私は泣いた。痛みも苦しみも感じない。

たぶん私よりずっと、魔王である父のほうが痛く、苦しかったはずだ。

その悲しみに寄り添えなかったことが、一番つらく感じる。

「……チサ」

ぐっ、と体が浮き上がる。穴に落ちた私を、黒い姿の人が抱き上げていた。

ザイエンだ。いつの間にここに来たんだろう。そして何を言ってるんだろう。チサって誰？

呼ばれた名前に混乱して、改めて気づく。

——あ、私か、そうだ。私が千紗だった！

動けない私を、ザイエンは何もない地面にそっと横たえた。そうして彼は呟く。

「あの時もこうして、救うことができていたら、な」

彼の言葉に私ははっとする。痛みはあるが致命傷というほどではない。叩きつけられたと思っていたが、たいした穴の深さではなかったようだ。

血も出ていない。流れ出た血も冷たくなる手足も、遠い記憶が見せた幻覚だったのか。

手足のしびれはおそらく、穴の奥にあった針に刺さったせいだろう。しびれ薬の罠だったのかもしれない。

「（ザイエン、ザイエンってば！）」

魔王はどうしているのか。悲しみに暮れているというゴブくんの言葉は本当なのか。

魔王の側近であった彼ならば知っているだろうに、話しかけようにも私の舌は動かない。

「悪いな、チサ。勇者との交換条件として、しばらくそこに転がっていてくれ」

「（だーからー!!　ちょっと待って！　ザイエン！　聞きたいことがー!!）」

心の叫びは当然伝わらない。

その後彼は闇の中に消えてしまい、私は転がったまま放置されてしまう。

覚えてろザイエン、と私は理不尽に逆恨みした。

そうしてできることもないし体もしびれて動かないし、諦めて私は目を閉じる。

……うん、寝よう。ここはあれだ、眠ることによる超回復力に頼ろう。

そのまま、私はあっという間に眠りに落ちたのだった。


「立石さん！　立石さん……しっかりして!!」

がくがくと体を揺さぶられる感覚に、私は目を覚ます。

まだ体中にしびれが残っており、指の一本も動かない。かろうじて目をあけると、視界に懐かしい人が映った。

「……さ……くん」

笹川くんだった。声をかけたいけれど、まるで最期の時のようにきちんとしゃべることができない。彼の顔が絶望にゆがむ。

「しっかりして……どうして、立石さん……！」

「……し……」

しびれているだけで、大丈夫。そう伝えたいけれど、まるで今にも死にそうな声しか出なかった。

ぎゅう、と私を抱きしめる笹川くんに、テレパシーを習得してから来てくださいと念を送る。

「……え？」

私を抱きしめる手をゆるめた笹川くんは、少しだけ身を引いてその腰の剣に手をかけた。

あれ、テレパシー通じたかな、と思った時――私の周りにふわりと風が吹く。

柔らかな風が、慈しむように私の頬を撫でていくと、急に呼吸が楽になり、体が動くようになった。

「……さ……笹川くん？」

「立石さん！」

私を引き起こした彼はくしゃりと顔を笑みの形に崩すと、そのままの勢いで再びぎゅうっと私を抱きしめた。

「無事で良かった、立石さん」

間近に見える彼の表情は、心の底から安堵した様子だった。

「……笹川くんこそ」

私も何とか表情をゆるめ、笑って声を返す。

「立石さんのこと……ずっと心配してた」

彼の言葉を聞いて、私の胸に温かなものが広がる。

私を忘れないでいてくれたこと、そして助けようと必死になってくれたことが、十分伝わってきたからだ。

「ありがとう、笹川くん」

私が心から感謝すると、彼は照れたように笑って、私の体を支えながら座らせてくれた。

「死にかけているって聞いたけど――何があったの？　立石さん」

「何って――」

どこから話せばいいのだろうか。ゴブくんとの出会いとか、シシュ村で起きたこととか、魔王である父のこととか？

いっぱいありすぎて私は考え込んだ。慌(あわ)てて笹川くんが首を振る。

「ごめん、それよりまず体を休めないとだね。立てる？」

「何とか……」

私は笹川くんの手を借りつつ身を起こすと、暗い通路に立ち上がった。

少しだけめまいがするが、私の背中に手を当て笹川くんが支えてくれる。

「大丈夫？」

「うん、ありがとう」

大きく息を吸って、はく。

立石千紗、十六歳。高校二年生。

何かメタボの王様に召喚されて人質にされて、そうして思い出した自分の過去。

私、魔王の娘だった。

「のおおおお。何という出生の秘密……！」

「立石さん落ち着いて、落ち着いて」

頭を抱える私に、心配そうに笹川くんが囁く。ハッと私は我に返る。

そうだ、目の前の笹川くんは勇者で、これから魔王を退治しないといけなくて……

私は思わずばっと両手を広げて彼を通すまいとした。

「父を倒すなら、私を倒してから行って！」

「お願いだから、ホント落ち着いて！」

私の肩を掴んでがくがくとゆさぶる笹川くんに、私は再度正気に戻る。どうやら完全に混乱していた。

大きく深呼吸をして、私は改めて考える。

……状況を整理しよう。

私は魔王の娘であったが、今は普通の女子高生である。前と同じく空を飛べもしなければ魔法も使えない。

笹川くんは私の隣の席の男子だったが、今は勇者である。

どういう手段か分からないが、私を見つけてくれたし、勇者の剣とやらで魔法のようなものが使えるようだ。その剣もきっと魔王を倒すためのものだろう。

私はこれからどうしたいのか。いや、私に何ができるというのか。

「――さん。立石さん！」

急に肩を強く掴まれて、私はびくっ、と震える。

すぐそばに、笹川くんの真剣な表情があった。

「立石さん、顔が真っ青だよ」

「……」

「遅くなってごめん。ずっと不安だったんだよね。ごめん」

ちがう、と私の口がかすかに動いたが、彼はそれを見ることなく私の手をぎゅっと握る。

「とりあえずここから出よう。落ち着けるところでゆっくり話そうか。立石さん」

「笹川くん……」

私はわき上がる感情に戸惑（とまど）いながらも、彼に手を引かれるままに通路を抜けていく。

通路の出口は森へとつながるところにあった。遠くに魔王城が小さく見える。

私は、どうすればいい？

再び自分自身に問いかけるように小さく呟（つぶや）いた。


南の塔から逃げ出した私達はシシュ村へと向かうことにした。

どうやら笹川くんはグレンと決裂したらしく、このまま王都にいたら間違いなく笹川くんも私も捕らえられてしまうだろうと判断したためだ。

見たことない人だけど、グレンにも蚊に集中して喰われる呪いをかけておこうと私は思う。

王都からシシュ村まで、風の精霊を使って飛んだことで疲れ果てていた笹川くんは、やまいろ亭にたどり着いてから昏々（こんこん）と眠り続けていた。

シシュ村へ着いてから数日経つと、どうやら何とか体力は回復したらしく、笹川くんは先ほど目を覚ました。

「でも本当、ひどい怪我とかしてなくて良かった。立石さん」

そう言って笹川くんはベッドから身を起こし、柔らかな笑みを浮かべる。ベッド脇の椅子に座った私はにこりと笑みを返す。

「それはこっちの台詞(セリフ)だよ。笹川くん」

私達はおかみさんのところに身を寄せている。突然現れた私達を、おかみさんは快く受け入れてくれたのだ。

彼は口調を改めて私に告げる。

「立石さん。俺、やっぱり魔王を退治しに行こうと思うんだけど」

来るべき時が来た、と私は姿勢を正した。

「王国やグレンがどう、とかじゃなくて。やっぱり魔物の大量発生に苦しんでいる人達を助けたいし、剣にも借りがあるし。いろいろ考えたんだけど、決めたんだ」

魔物の大量発生や凶暴化は、シシュ村以外でも起こっているらしい。オーガやオーガキングが出現したのもそのせいだろう、とおかみさんが教えてくれた。

昔は比較的穏和な魔物が多く、オーガなどが出現したとしても人や魔物の被害は少なかったという。

それが一体なぜだろう。父が……魔王が何かをしているのだろうか。分からない。

「……私は」

一方、私は自分の行動を決めかねていた。

父であった魔王を倒したいのか、救いたいのか。姫であった頃の記憶と今の自分との間で揺れている。

「笹川くんと一緒に、行きたい」

どちらにしても、ここでただ待ち続けたくはない。一緒に行動することでこの先どう進むべきかが見えてくるかもと思う。

決意とともに私がそう告げると、彼は困った顔をした。

「……危ないから、立石さんはできればここにかくまってもらっていたほうがいいと思う」

彼はとても優しい。だからこそ私を止めてくれるのは分かる。

ふと、待っていればいいじゃない、と私の中の事なかれ主義が囁く。

あの頃と同じ……魔王である父がすべて用意をしてくれて、ザイエンが常に守ってくれて。風のない暖かな場所で日を浴びて、できないことはしなくていいと言われて幸せに暮らしていた自分を思い出す。

——そう、自分では何の努力もしなかった。だから私は死んだのだ。

私は首を横に振る。

嫌だ。同じ間違いを繰り返したくない。

「私も、行きたい」

「そんなことを言っても、連れては——」

反対する彼に、私は重ねて言った。

「また、笹川くんと離ればなれになりたくない」

「……えっ」

笹川くんは私の言葉に目を丸くする。

私がいかに異世界に一人でいて寂しかったか、真っ暗な通路で笹川くんの顔を見てホッとしたかを切々と語り出したところ、笹川くんの顔はみるみるうちに赤くなった。そして片手で顔を隠して私の話を制止する。

「ちょ、分かったから、やめて、ホント……」

「分かってないよ、笹川くん！　置いて行かれたら寂しくて死んじゃうんだよ、ウサギ並みだよ！笹川くんがいなかったら、異世界で一人ぼっちだったし、探してくれて本当に嬉しかったし！」

「立石さん、ホントにやめて……！」

赤い頬を隠すように、片手で顔を覆いながらも笹川くんは私を見た。私もじっと彼を見返す。

……先に音を上げたのは笹川くんだった。

「分かった。じゃあ、連れて行くけど、絶対に俺から離れないでね」

「うん！　ありがとう、笹川くん！」

ぱっと喜ぶ私から彼は視線を逸らして「人質にとられていた時よりよっぽど拒否権がなかった」と呟く。

一方、私は笹川くんの優しさにつけ込んだ罪悪感をちょっと持ちつつも、拳を握りしめた。

考えてもどうしようもない。シルビアとして生きた十六年間を思い出してしまったことで、今の自分自身の態度が揺れてしまうのも、仕方ないことなのだと思おう。

どうするのか。どうしたいのか。

……そんなの、分からない！

笹川くんを心配する私も、魔王の父が気になる私も、どっちも同じ私なのだ。

ただ、笹川くんが勝つにせよ負けるにせよ、ここで待っていたら笹川くんと魔王のうちどちらかと二度と会えないかもしれない。そして、私はそのどちらの展開も望んでいない。

魔王が笹川くんを倒そうとすることも、笹川くんが魔王を倒そうとすることも、どちらもそばにいなければ防ぐことができないのだから。

自問自答を繰り返しているうち、ようやく自分の進むべき道が見えた気がする。

「よーし、がんばって邪魔するぞ！」

「ちょっと！　連れて行くのやめるよ、立石さん！」

おっと心の声が漏れた、と私は自分の口をふさいだ。

「じゃあ、もう少し休んでいてね、笹川くん」

半眼の笹川くんを後目に、私はそそくさと部屋を出る。

やまいろ亭の食堂に行くと、おかみさんとローラさんの二人が顔をつきあわせてテーブルの上の何かを見ていた。

「あれ、どうしたんですか？　おかみさん、ローラさん」

「ああ、チサ。これを見ておくれ」

そう言っておかみさんは古ぼけた紙を差し出した。私はおかみさんの隣の席に座ってそれを受けとる。

『お前が笛を吹いたから、わざわざ王都のほうまで行ってやったら、いやがらねぇ！　ふざけんなボケ!!　はよ出てこい!!』

それは、怒りも露わに、乱雑な文字で書き殴られた手紙だった。

はて、笛……笛!?

ハッ、と私はポケットに入れていたゴブくんの角笛を思い出す。そういえば牢の中で、ゴブくんの角笛を吹いた記憶が……

「宿の壁に矢が刺さっていて、この紙がくくりつけられていたんです。でも、古代文字で書かれているので、誰も読めないんですよ」

ローラさんの言葉に、私はぱちくりと瞬きした。

見返すと、たしかにその文字は日本語ではない。楔形文字とかそんな形をしている。にもかかわらず、私には意味が読みとれる。

これは過去を思い出したせいだろうか。それとも私がゴブくんの角笛を持っているせいだろうか。

どちらにしてもゴブくんのところに行かなくては、と私は立ち上がって、おかみさん達に声をかけた。

「すみません、ちょっとだけ外に行ってきますね」

「チサ、大丈夫かい？」

おかみさんが心配そうに言う。

「馬鹿王子……もといグレンには、チサ達はここにはいないって言い切ってるけど、それでもアンタ達は今、お尋ねものなんだよ」

そう、馬鹿王子ことグレンは、笹川くんに捨て置かれたのを激しく恨んだらしく、反逆罪を犯したとして国中に笹川くんを指名手配したのだ。私も牢を抜け出したため同じく指名手配犯である。

一体私達が何をしたというのか、と腹立たしいことこの上ないが、そんなもの悪代官に言っても無駄なことだけは分かる。うん、いつか燃やそう、あの王城。

おかみさんやこの村の人は「オーガキングから救ってもらったお礼」と言って私達をかくまってくれている。ありがたいことである。

おかみさんは続けて言った。

「もし外に出るんなら、ナオトと一緒に行ったらどうだい？」

「そうしたいのは山々なんですけど……」

まだ笹川くんの体調も万全ではないし、今からホブゴブリンのところへ一緒に会いに行こう、とはさすがに言えない。

私は曖昧に笑うと、「用心しますから、笹川くんはまだ寝かせておいてあげてください」と言ってこっそりと宿を抜け出した。

「オイ！」

森に入ってほんの数歩。どうやら待ちわびていたらしいゴブくんがすぐさま声をかけてきた。

「ゴブくん！　わー！　久しぶりー!!」

私はついテンション高く両手をあげる。

シルビアの記憶ではまだゴブリンだった頃の彼の姿が思い浮かぶ。

大人の魔族が多い魔王城では、シルビアにとって遊び相手は少ない。というかぶっちゃけ一人もいなかった。ザイエンがたまに遊んでくれたものの、基本は一人遊びをしていた。

ある時ザイエンに用事があり、彼がゴブリンの里へ私を預けたのだ。

そこで出会ったのがゴブくんことゴブリンの彼だ。名づけの才能がない、とその時も言われた記憶がある。

「何が久しぶりだ！　この前会ったばかりだろうが！」

いやいや、シルビアにとっては久しぶりなのだ。

にこにこと笑っている私に、ぷんすか怒りつつゴブくんは手を差し出した。

私がゴブくんの手を握ると「違うわ！　角笛を返せ！」と叫ばれる。

握手かと思ったのに、と渋々（しぶしぶ）私は角笛をゴブくんに渡す。それを自分の折れた角につけて、彼は私を見上げた。

「で、お前、角笛を吹いたよな。何か思い出したんだろ？　もしかして姫さまの話か!?」

「ああ！　王都で吹いたのによくここまで聞こえたね！」

「自分の角笛はどこからでも聞こえるんだよ！　だからわざわざ行ってやったのにいやがらねぇし……あ‼　そういえばてめぇ、オーガの角笛の騒音被害について、我らホブゴブリン一同、盛大な抗議をする！」

「あっれ、聞こえてた？」

オーガの角笛なのにゴブくんにも聞こえていたのか、と驚く私に、彼はしかめっ面をしてさらに怒る。

「魔物なら大抵聞こえるんだよ！　音が止んだかと思ったら再度吹きやがって。それを何度も。周りの奴らは這々の体で逃げ出した！　魔の森の魔物人口がかなり減ったぞ！」

えへへ、と私は笑ってごまかす。

ゴブくんは「こいつ全然反省してねぇ」とはき捨てるように言った後、再度促した。

「で？　話は？」

まさか思い出してないとか言うんじゃなかろうな、とゴブくんは両手の鋭い爪をちらちら見せつつ迫ってくる。私は慌てて弁明した。

「思い出してはいるんだよ！　だけどさ、ゴブくんが信じてくれるかどうか……」

「言っておくが大抵の話なら信じるぞ。実はお前が姫さまでした、とかいうアホなことを言うんじゃなければな」

唯一の例外に当たってしまったようだ。がっくりとなって私は首を横に振る。

「……じゃあ話さない」

「じゃあ話さない、じゃねぇよ！　オイ！　王都まで行った俺の労力は！」

「だってゴブくん信じてくれないし。幼少期をともに過ごした友達だというのに」

「お前と幼少期を過ごした覚えも友達になった覚えもねぇ！」

じと、と半眼で彼を見ると、彼は戸惑った様子である。

「初めて私がゴブリンの里に放り込まれた時に、ゴブくんはまだ生まれて数カ月だったでしょ。私達、今日から友達ねって言ったもん」

「――っ!?」

彼の目がこぼれ落ちそうなほどに開かれる。

それが、シルビアと彼の出会いだった。


ゴブくんと出会ったのは、私がまだ七歳かそこらの頃。

「やだー！」

私をゴブリンの里に預けようとするザイエンの足に、絶賛人見知り中の私はしがみついた。だが、襟首を持って、彼はあっさり私を引きはがす。呆れ顔のザイエンは私をゴブリンの長老に渡した。

「そんなわけで、姫さんを少しばかり頼む。王国との間がきな臭くなってきた」

「はいはい。お任せを、ザイエン様」

長い髭で顔が埋もれたゴブリン――おそらくホブゴブリンだろう老人は、私を受け取る。

「ザイエンの、馬鹿ー！」

苦笑したザイエンは半泣きの私の頭をくしゃりと撫でると、「すぐに帰ってきますよ」と飛竜に乗って行ってしまう。

実はこのザイエンの行動には理由があった。当時、王国が私の存在を探っていたため、ザイエンは魔王城へ戻る前に追っ手を追い払わないといけなかったらしい。だが、私は見知らぬ種族にいきなり放り込まれて大パニックだった。

泣きながら逃げ出した私が出会ったのがまだ小さいゴブリン――ゴブくんだったのだ。


私はゴブくんの後を半泣きで追いかけ回した過去のことを思い出す。

「子供は子供同士、仲良くなれたしね！」

「俺は強制的にお守りを押しつけられた気がしていたが！」

「その時、ゴブくんに名前教えてって言ったら、ないって言うから、私がつけたりもしたし」

「そのまんまの名前をな！」

思わずといったようにつっこみながらも、ゴブくんはまじまじと私を見た。

「……ホントに、姫さま……姫さまなのか？」

えへへ、と私は笑ってみせる。

「……ただいま、ゴブくん」

「姫さま！」

ばっと両手を広げてゴブくんと感動の再会をしようとした私に、彼はちょいちょいと手で「かがめ」とジェスチャーをした。

「……？」

私がかがんだ瞬間、ガッと彼の二つの拳が私の頭の両脇に食い込む。

「痛たたた！　何⁉　何これ⁉」

「何これじゃねえんだよ‼　俺がどんだけ心配したと思ってんだ！」

「心配が痛い！　ここは抱き合って感動するところじゃなかったの⁉」

「うるせぇ！　俺はお前がゴブリンの里に来るのを待ってたのに！　来なかった上、途中で死んだって聞いて、どんなに――」

目線を下げた彼の顔がゆがむ。ゴブくんの声がかすれた。

「俺が会いに行けば良かったと、どんなに後悔したか……」

「ゴブくん……」

ごめん、と言うと、再度ごつんと拳を当てつつ、彼は私を解放した。

痛かった。頭も痛かったが、心も痛い。

ゴブくんはごしっと自分の目をこすると、側頭部をなでなでしている私を睨みつける。

「で、何でこんなことになってんだ？　魔王さまは？」

「そこだよ、ゴブくん。むしろ私がそれを聞きたいんだよ」

膝をつきあわせて私と彼は、互いに知る限りの情報を交換した。

といっても、私は異世界に生まれ育ったこと、なぜか突然こっちに召喚されたことくらいしか伝えることがなかった。ゴブくんは本来あまり地位の高くないホブゴブリンだから、魔王のことは噂くらいでしか知らないようだ。

「魔王さまは魔王城にこもっているらしい。ここ三百年ほど、誰も姿を見ていない」

「ザイエンは？」

「ザイエンさまも姫さまが亡くなって、しばらく後から姿を見せない」

うーむ、と私は頭を抱えてしまう。

手っ取り早く魔王に会うには、側近であるザイエンに会ってつないでもらうのが一番だ。ザイエンとはこの前王国の隠し通路で会ったたし、どこかにいるとは思うのだが……

ゴブくんは憂うような表情で言う。

「そうだ、ザイエンさまだけど……。姫さまが亡くなってからずっと、この世界に姫さまが生まれ変わったんじゃないかって探していたらしいんだ」

「ふむふむ」

「そうしたらそれにつけ込んだ王国がな、偽姫さまを立てたらしく……」

「うわぁ」

「すさまじく逆鱗に触れたらしい。偽姫さまがいるっていう村が消滅したとも聞いた。だから勇者と一緒のお前が姫さまって名乗っても、信用されずにぶち殺される可能性が高いからな！」

私は黙って頷いた。

魔王もザイエンも、私には優しかった。けれど彼らの本質は魔族なのだ。ゴブくんはまだ話を聞いてくれる余地があったが、私がザイエンと出会って真実を伝えても、それを信じるかどうかは彼次第なのだ。

魔王も――父もまた同じく。

「……」

ちょっと後込み(しりご)みする自分がいる。死にたくない。怖い。

でもそれと同じくらい――会いたい。

そんな私を向かい合ったゴブくんが見上げる。

「どうすんよ、姫さま」

「……ゴブくん、ザイエンの城の場所を知ってる？」

尋ねる私に、彼は少しだけ口の端(はし)を上げた。

「ん。……っていうか何で姫さま知らねーんだよ」

「昔はほとんど飛竜に乗って連れてってもらっていたから、正確な場所が分からないの。おかみさんにこの世界の地図を見せてもらっても、魔王城はのっているけど、ザイエンの城はのってないし」

「ザイエンさまの城は、隠し城だからな。北のユアーズ村近くの魔の森にあるけど、知ってるものは入れるし、知らないものは入れない」

私はうむむ、と腕を組んだ。

「魔王城の鍵みたいなのをザイエンに取られたって笹川くんが言っていたから、どうにかそれを手に入れたいの」

そのため、ザイエンの城へ行かなくてはいけないのだが、できればその時に彼と話をしたい。

……と思っていたが、話して殺されるならやめとこう。

人間無理はいけない、とチキンの私は思い直す。

すると、ゴブくんは肩をすくめて言う。

「俺がザイエンさまの城までは案内できるけど……そもそもお前、勇者と一緒なんだろ？　魔物の俺が案内して大丈夫なのか？」

「そこなんだよねぇ……。ゴブくんのこと、ちょっと顔色の悪い子供で通用しないかなぁ？」

「しねぇよ、見るからにホブゴブリンだろうが」

呆れ顔のゴブくんをまじまじと見直す。

緑色の肌に鉤鼻(かぎばな)、鋭い耳と金色の目。髪の毛はなく、頭に二つの角が生えている。

うん、と私は頷(うなず)いた。

「……角を帽子で隠せばいけるかもしれない」

「いけねぇよ！　それで騙(だま)されるってどんだけアホな勇者だ！」

アホが！　と私に向かってはき捨ててから、ゴブくんは指をくわえてヒューと突然口笛を鳴らす。

アホ呼ばわりされた私はゴブくんにクレームを入れた。

「もう少し姫さまをちやほやしようよ、ゴブくん」

「うるせえ黙れ」

一言で切り捨てると、ゴブくんは森のほうを振り返った。その瞬間、彼の背後で、がさがさっと茂みが揺れる。

先ほどの口笛で何かを呼んだのだろうか、とゴブくんにあしらわれた私が口を尖(とが)らせつつ、茂みを見ると……

「っきゃあああ⁉」

馬より大きいミミズのような生き物がうねっていた。

純粋に一言。キモイ。

ピンクの巨大ミミズの胴体部分には、二人ほど隣同士で座ることができるような椅子が設置されている。口とおぼしきところには口輪がはめられており、手綱(たづな)がつながっていた。

「これがドラワームだ。食用じゃなくて、移動用のやつな。騎獣だから、背中に椅子が……」

「いやいやいや！　ちょ、ちょっと待って！　それに乗るの⁉」

思わず彼と、というか巨大ミミズと距離をとる。すると、ゴブくんが私をなだめるように一歩近づいた。

「別に襲ったりし……⁉」

ゴブくんの言葉が途切れ、彼は慌(あわ)てて後ろに飛ぶ。

私とゴブくんとの間に、ザクッ、と虹色の煌(きら)めきが突き刺さった。

「立石さん‼」

空から、鋭い光を放って剣が降ってきたのだ。数瞬遅れて声の主(ぬし)が私の前に降り立つ。

彼の青いマントがふわりと浮いて、私とゴブくんの間を遮(さえぎ)った。

「……笹川くん！」

「下がって！　立石さん！」

ざっ、と左手で私をかばうように背後に押しやると、彼は剣を地面から抜いて構え直す。

「ま、待って！　待って、笹川くん！」

私が笹川くんの左手にすがるように止めると、彼は私を見た。

油断なくゴブくんを視界の端に収めつつ、笹川くんは少し怒った口調で言う。

「立石さん、一人で森に行ったら、危ないって分かってるよね？　どうして俺に伝えなかったの？」

「えーとえーと。その……！」

昔懐かしのお友達に会いに来た、と伝えるべきか否か。

ちらっとゴブくんを見ると、彼は指で×印を見せた。言うな、ということらしい。

何と説明しようか私が迷っていると、笹川くんと向かい合っていたゴブくんが急に苦しみ出した。

「う、うぐぐ、勇者の剣が……！」

「えっ!?　大丈夫!?」

思わず私が叫ぶと、地面に膝をついたゴブくんが口パクで「うるせえ、くうきよめ。しんぱいすんな、あほか」と伝えてきた。言いぐさがひどい。

「や、やられた……！　もう俺は駄目だ！　ザイエンさまの城への道を知っているドラワームを残して逃げるしかない……！」

すさまじい棒読みで言い切ると、ゴブくんはそのまま森の中へと逃げていく。ドラワームに乗って逃げればいいんじゃないかな、と私は彼の背に問いかけたかった。

「……」

「……」

森の中に私と笹川くんの沈黙が降りる。残された私達は、どちらともなく視線を交わした。

いやいや、さすがに私も馬鹿じゃない。ゴブくんの言いたかったことは分かっている。そのためにドラワームを残していったのだろう。

ありがとうゴブくん、私の友よ。でもできればドラワームじゃない騎獣が良かったな、と少し思ってしまった私を許してほしい。

私は自分の両手を握りしめながら言ってみた。

「笹川くん！　やったね、ザイエンの城への道を知っている騎獣が手に入ったよ！」

「えー、いや、その……えぇー？」

微妙な表情で彼は曖昧に頷く。

「何かその……あのホブゴブリン、すさまじく怪しかったんだけど……」

「それはそれ、これはこれだよ！　どっちにしても移動手段は限られてたし、ラッキーだったね！」

「ラッキー、なのかなぁ……」

正直罠にしか見えない、と呟く笹川くん。

まったくもって同感であることは、私の心の中に秘めておこう。

「でも実際ザイエンの城の場所は分からなかったし、探そうにも馬車だとグレンに気づかれてしまうかもしれないし。罠にしろ何にしろ、使ってみようよ、笹川くん！」

馬車で通過する大きな通りには、王国の兵士が配備されているらしい。

グレンの手配が各町や村に届いているため、おおっぴらに馬車を使うことはできない。かといって、空を飛べば笹川くんの体力をひどく消耗させてしまう。彼一人ならまだしも私も連れて空を飛んだせいで、王城からここにたどり着いた時には、笹川くんは疲労困憊だった。

馬車も駄目、空を飛ぶのも駄目となると、歩くしかない。時間もかかるし、体力のない私には非常につらい。

それが一転、魔物の騎獣を手に入れたのだ。ドラワームは基本は土の中に住んでおり、私がいた世界のミミズと生態はそう変わらない。だが、調教によって森の中を走るように訓練することができるらしい。

特にそれが得意なのがゴブリンやホブゴブリンだと、前にゴブくんから聞いたことがある。

「じゃあ、試しに乗ってみるけど……罠だったら危ないから立石さんはそこで待ってて」

不承不承という形ではあったが、笹川くんは剣を腰に差すと、ひらりとドラワームの鞍に飛び乗った。

罠ではないと分かっているが、本音はあんまり乗りたくないなぁと思いつつも、私は頷いて木の後ろに下がる。笹川くんは手綱を手に取ると、ドラワームの胴体の辺りを足で軽く押す。

ザ……ザザザッ！

すると、見た目よりもずっと素早く、ドラワームは走り出した。森の中を慣れた様子ですり抜けると、しばらく走ってドラワームは私のほうを振り向いてぴたりと止まる。

……いやいやいや。何その「お嬢さん、乗りな！」っていう素振りは。乗らないよ！　ごめん、正直乗りたくないよ!!

一歩も動かない私の頭に、すこんと何かが飛んで来る。石だった。

きょろきょろと周りを見ると、木と木の隙間からゴブくんが顔だけ出して口パクで「いけ」と言っていた。

くそう、と思いつつ渋々（しぶしぶ）と私は走って、笹川くんの乗ったドラワームまでたどり着く。

「……どう？　笹川くん」

「うん、振り落とそうとはしていないし、目的地へ向かおうとしているっぽい」

何とおりこうなドラワーム。姿形さえ……いや、これ以上は言うまい。

覚悟を決めて私がその胴体によじのぼろうとすると、笹川くんはそれを止めた。

「あ、待って。出発するならおかみさん達に伝えてからじゃないと。心配をかけてしまうと申し訳ないしね」

「そっか、じゃあここで待ってるね」

「駄目、一緒に行こう」

私の申し出は、半眼の笹川くんに一刀両断される。

「こんな森の中に、立石さん一人だけ残して行けるわけないよね。それで立石さんがふらふらっとどこかに行ったり、またすれ違ったりするのは嫌だからね、俺は！」

「いやいや、大丈夫だよ」

私が慌てでなだめようとするも、笹川くんはじろりと私を睨む。

「そもそも立石さんが一人で森の中に行ったたって聞いて、慌てて追いかけてきたんだけど。その件についても後で話し合おうか。一人行動禁止ね」

やんわりと言いつつも、一歩も引く気配のない笹川くんである。

あれー、これはもしかして話し合いという名の説教が待っている感じだったりするのではなかろうか、と遅ればせながら私は気づいた。

おそるおそる私は彼の様子をうかがう。

「……笹川くん、もしかして怒ってる？」

「……怒ってるっていうか……」

彼は少し視線を逸らしつつ言った。

「……俺と離れたくないって言いつつ、あっさり一人になるとかどうなのって思ったりとか、でもそんなの俺がどうこう言って良いものかどうか悩んだりとか……」

「……？」

ぶつぶつと小声で呟く笹川くんの声があまり聞き取れない。私が首を傾げると、彼は苦笑して続けた。

「まあ、端的に言うと、立石さんが心配だっただけだから」

「そっか。そうだよね……ごめん」

「いや、俺がしばらく臥せってたから、負担かけないようにっていう立石さんの気持ちは嬉しいんだけどね」

彼はまた苦笑しながらも、ドラワームから降りた。手綱を近くの木に縛りつけて私の手を引く。

「いないと逆に心配になるから、ちゃんとそばにいて」

「はーい」

私は素直に頷いた。私達はそのまま風に乗ってシシュ村へと向かう。

ふと、振り返って私は魔の森を見下ろす。

魔王の城と人間の世界の境目である魔の森は、昔の記憶よりもずっと広がって見えた。

# 第六章　隠し城

ドラワームに乗って、シシュ村を出てから数日後。

おかみさんに山のようにもらった糧食を背に乗せたドラワームは、一直線に北のユアーズ村近くの魔の森へと向かっていた。この近くには大きな湖があり、地下水が流れているためか、湿地が多い。周りにはかすかに霧が漂っている。

湿地の途中で、ぴたりとドラワームの動きが止まった。私は隣の笹川くんに囁く。

「ここで、到着なのかな？」

彼もまた、戸惑っている様子だった。

「そうみたいだけど……何もないね」

「降りてみようか」

「気をつけてね、立石さん」

私は頷くと、鞍にしがみつきつつゆっくりと地面へ足を下ろした。ぴしゃん、と足元で湿り気のある水音がする。ぬかるんでいるようだ。

滑らないように気をつけないと、と思い上を見上げると——

「え……えええっ!?」

先ほどまでいたはずの笹川くんも、ドラワームも姿を消していた。掴んでいたはずのドラワームの鞍もない。気づくと、周囲は真っ白な霧に包まれていた。

「さ、笹川くん⁉」

ふらふらと手を前に出しつつ歩いていくと、私の右手が誰かに掴まれる。私はほっとして話しかけた。

「笹川くん⁉　良かった、霧がすごくて見失っ……」

言葉は途切れる。

私を掴んだ手は浅黒く、その爪も黒く染まっており、どう見ても笹川くんの手ではない。

でも、見知った手だった。

「よく、ここが分かったな」

浅黒い肌に黒い髪。鋭い目つき。黒いマントに身を包み、私を見下ろすのは背の高い魔族であった。

ザイエン、と口の中で呟く。

懐かしい姿と声。通路では、混乱していた上にしびれ薬のせいで話すことができなかった。でも、今なら。

「……ザイエン、私」

――だけど私はハッとして、ゴブくんの言葉を思い出す。

〝勇者と一緒のお前が姫さまって名乗っても、信用されずにぶち殺される可能性が高いからな！〟

慌てて私は口を閉じる。

信用度ゼロの状態で伝えていいことではない。ぶち殺されるところだった。

「名前も知ってるのか？　……ああ、剣に聞いたのか」

ザイエンは片眉を上げた後、納得した様子で頷く。

違う、と言いかけて私は目を閉じると、頭に左手を当てた。

えーとえーと、何かあるかな！　ザイエンと私だけが知ってる話。何かえーと何か。頭に浮かぶとしたら、父さまを引きずっていくザイエンの姿くらいしか……。やばい、何もない。信じてもらえるエピソードを全然思い出せない。

「もおっ、秘密の暗号くらい決めとけば良かった‼」

「うおっ⁉　何だいきなり！」

急に叫んだ私にザイエンは怪訝そうな表情をしながらも、掴んだ右手ごと私を近くに引き寄せた。

「とりあえず、そんな怯えなくても殺さねぇよ。今は」

後はどうなんだ、後は。

抗議しようと彼を見上げた時に、ふっと彼の視線と私の視線が交わった。

ザイエンの黒い瞳に私が映る。銀の髪も紫の目もない、私。立石千紗の姿が。

「ザイエン」

信じてもらえるはずもない。それなのに私は何を言おうとしているのか。

彼の名を呟いた私に、彼は一瞬息を呑んだ。

「私――」

その時、私の周囲の霧が風とともにさあっと晴れる。虹色の光がその白い霧をかき消すように周囲を照らす。ピュウ、とザイエンが口笛を吹いた。

「なかなかやるな、勇者」

笹川くんの視線と剣の先はぴたりと、私の手首を掴まえているザイエンに向けられた。

「その手を離せ！」

「魔王退治はやめたんじゃなかったのか？」

揶揄するように言うザイエンに、笹川くんは剣を向けたまま言う。

「魔物が瘴気でおかしくなっている。そのせいで傷つく人達がいるなら、守りたいんだ。俺にできることならしようと思う」

「最初に――」

ザイエンの声が低くなった。私の手首を握る手に力が入る。

「原因を作ったのは、お前らニンゲンなのにな」

「……」

私がいるせいでザイエンを攻めかねているのか、笹川くんは真っ直ぐな視線を私達から外さないようにしながらも、動かない。

私は一生懸命ザイエンの手から抜け出そうと引っ張るが、彼の手はびくともしなかった。

パチン、とザイエンが指を鳴らす。その途端、消えたはずの霧が私達の周りに現れ勢いよく渦巻

いた。

「立石さん、息を――！」

笹川くんの忠告は少し遅かった。その濃い霧は、あっという間に私達にまとわりつき、呼吸とともに体内へ入り込む。

「……っ！」

くらり、と私の視界が揺れる。目の端に映る笹川くんは、倒れそうになる自分の体を剣を頼りに何とか支えていた。再度風を呼ぼうとしているようだが、ザイエンの力のほうが強いみたいで、風は動かない。

意識が遠のいていく。笹川くんが何事かを叫んでいるが、聞こえない。

抗えない強い眠気が私に襲いかかってきた。踏ん張ろうとしたが足に力が入らない。倒れ込む寸前にザイエンが私を抱き止めるのがうっすら見えた。

「ああ、ドラワームは森へ戻しておいてやったからな。二人とも、安心して眠っとけ」

笑うザイエンの声が、遠くに響いて消えた。


……はて？

私は目を瞬かせた。横を見ると枕とシーツが見える。どうやらベッドに横になっているようだ。

えーと、寝てた？　だけど何かこう、視界がいつもと違うような――

上を見ると、天井が白い。

あれ、おかみさんのやまいろ亭は木の天井だったはず。

「あああっ!!」

ハッとして私が起き上がると、そこは白い壁に囲まれた小さな部屋だった。ベッドがあり、周りの壁には本棚が設置されている。

机の上にあるたくさんの本が埃(ほこり)を被(かぶ)っているのを見ると、長い間放置されていたのが分かった。

「……何ということでしょう！」

私は状況を把握する。縛られたりはしていないけど、完全に捕まったようだ。何回人質になろうというのか、自分で自分を殴りたい。あっ、痛い。

やっぱり殴るのはやめよう、と自分に甘い私はひねっただけの頬(ほお)を撫(な)でた。

私はそろりとベッドから下り、その場を見回す。

私以外は誰もいない。しかしこの部屋……どこか見覚えがあるような気がする。

私は机へ近寄ると、その上に置かれている本を見た。

そこには『古代文字の書き方、読み方』『やさしい魔術読本』や『植物図鑑』など様々な本が置かれていた。それらはこの世界の古代文字で書かれている。

「あっ！　そうか、勉強部屋だ」

ザイエンの城の一角に、勉強部屋があった。シルビアは七歳頃に、古代文字や魔法を学ぶために一時期ここに通っていたのだ。

あの時はザイエンが先生だったんだよなぁ、と思い出す。私はぺらぺらとノートをめくり、昔練習した文字を見た。

「やだ、懐かしい。そうそうこの頃、まだ文字がヘタクソだったんだよねぇ」

小学校時代の漢字練習帳を見ている気分になる。

「……ってそれどころじゃなくて！」

ハッとしてノートを置くと、私は部屋の扉を押す。しかし扉は押しても引いても動かない。やはり閉じ込められているようだ。

「うーん……」

今回はゴブくんの角笛もなく、親切に脱出口を教えてくれるフィリップさんもいない。

しかし、私はにんまり笑った。

「勝手知ったる他人の城、ってね」

王国の城はまだしも、ザイエンの城は何度も来たことがある。ついでに言うと、「勉強しなさい、姫さん」と、この部屋に閉じ込められたことが何度もあった。

どの世界も子供に言う言葉は一緒なのだろう。そして七歳のシルビアはこの部屋からよく脱出していた。どの世界の子供も勉強は嫌い……なはず。

「よっこらしょっと」

私は辞書を用意し、壁に沿って、のぼりやすいように並べた。

ベッド脇に窓があるが、これはダミー窓だ。ここから逃げ出そうとして何度ザイエンに捕まって叱られたことか。

「そんで、たしかこの辺に……」

ごそごそと本棚の裏を探すと、孫の手のような長い棒が出てきた。それを使って上のほうの換気窓をあけ、準備完了である。

「よし、逃げよう！」

逃げ出してまた笹川くんを探さなくては。何回捕まるつもりだ、とつっこみを受けてしまう。

辞書を積み上げた場所に行ってそれをのぼり、私は換気窓に手をかけた。

何とか頭がその小窓を抜ける。続いて肩と胸を通し――

「……んん？」

ぴたり、と私の動きが止まってしまった。そこから一向に進まない。

「ええ!?」

振り返ると、私のお尻が小窓につっかかっていた。

そんな馬鹿な。昔のシルビアはここから抜け出していたのに。

「えーい、このっ！」

一生懸命に両手で壁を押すが、どう頑張っても出ない。むしろ完全に動けなくなり、逆に戻ろうとしても戻れなくなった。

「……」

詰んだ。

窓に、くの字の状態で垂れ下がりつつ、私は敗因を探る。

「……シルビア、七歳だったからなぁ……」

根本的に、七歳の子供が通ることのできた小窓は、十六歳の私にはつらかったようである。

目測では行けそうだったのだが、頭がギリギリだった時点で気づくべきだった。

さてどうしよう、と私は小窓に垂れ下がったまま困っていた。

もしかしてこのまま「怪奇！　半身だけ外に出ている女！」とか怪談話になるような死に方をしてしまうのだろうか。嫌だなぁ。

……そんな諦めモードの私の背、いや尻に向かって「何だこりゃあ！」という叫び声が聞こえた。

うん、ごめん。この際、笹川くんでもザイエンでも誰でもいいから引っ張って……


私の足を引っ張って小窓から戻してくれたのは、何とフィリップさんだった。彼は南の塔に閉じ込められていたはずだったのに、逃げ出せたのだろうか。中からはあかなかった扉だが、外からは入れたらしい。

私はやっと床に足が下ろせてホッとして座り込む。私のすぐ前にしゃがみ込んだフィリップさんに尋ねた。

「フィリップさん、何でこんなとこに？」

「その言葉、そっくりそのままお前に返してやるよ」

呆れ顔で彼は言う。私は弁解するように答えた。

「えーと、捕まっちゃって、逃げようとしていたところ。フィリップさんがいると思わなかったからびっくりした」

「俺もまさか小窓から尻と足が生えているとは思ってなかった」

びびった、とこぼすフィリップさん。

いやいや、私も好きで生やしたわけではない。

「いつもどうやって逃げおおせていたのかと思ったら……あそこだったのか」

「……？」

逃げ切れなかったけど？　と首を傾げる私に、彼は苦笑した。

「ああ、いや、昔の話な。俺もまあ、捕まってるとこだよ」

「え、フィリップさんはどうやって南の塔の牢から逃げ出せたの？　ていうか何でザイエンの城にいるの？」

矢継ぎ早に尋ねると、彼はまあまあと両手をあげて私をなだめる。

「あー、えーとな。ザイエンと名乗る魔族が王城を襲って、俺をさらっていったんだ。第一王子だからほら、脅しに使えると思ったんだろうな」

「ふむふむ」

「この城自体が大きな牢のようなもんだから、俺が入れられた部屋は出入りが自由になってたみたいでな。ついでに城の中を見回っていたところだ」

「えー。私の部屋は中からあかなかったのに」

ずるいずるい、不公平だ、とブーイングする私に「窓から尻を生やすような、何をするか分からん娘に文句を言う権利はない」とフィリップさんは言い切った。

ぐうの音も出ない。

「あっ、そういえば笹川くんは!?」

私はザイエンに捕まってしまったわけだが、彼はどうなったのだろうか。

慌てて立ち上がる私に、フィリップさんは首を傾げる。

「ササガワ？　誰だ？　他には誰も見てないぞ」

「あ、フィリップさんは知らないか。勇者のことなんだけど。うーん、やっぱり捕まっているのは私だけなのかなぁ」

毎度捕まって申し訳ない。となったら、囚われ姫のすることは一つしかない。

「よし、脱出だ！」

フィリップさんは眉根を寄せて、立っている私を見上げる。

「聞いてたか？　この城自体が牢になってて、窓もあかないし、出入り口の扉もあかないぞ」

「ふっふっふ。素人さんにはそう見えるでしょうが、実は違うんだなぁ」

「どこの玄人だ。ていうか何の玄人だ」

「まあついてらっしゃい！　一時間後には脱出してみせるから！」

呆れ顔のフィリップさんに背を向けて、私は開いたままの扉から勢いよく廊下へと一歩踏み出した。

その直後、ガコッと私の足元に穴があく。左足がすっぽりとはまって動けなくなる。

「……」

早くも身動きがとれなくなった私は、後ろのフィリップさんを振り向いた。

さぞ情けない顔をしていることだろうと思うが、そんな私の視線を受けて彼は言う。

「……言い忘れたが城内にはいろいろ罠が仕掛けてあるみたいだぞ、玄人さんよ」

「言い忘れないでほしかったというか、私もすっかり忘れていたというか。すいません、とりあえず引っ張って……」

床罠にかかったままの私を、フィリップさんは引っこ抜いてくれた。すぽんと罠から足が抜ける。怪我はないようである。

ザイエンが仕掛けた罠に殺傷能力はない。ただし、一回はまると自分では抜け出せなくて、捕まったまま説教となる。

今回はフィリップさんがいてくれて良かったなぁと思いながら、私は再度宣言した。

「よし、改めて行こう！」

「……あんまり行きたくねぇ。というか扉をあけなきゃ良かった」

フィリップさんに嫌がられつつも、私は彼を連れてザイエンの城——勝手知ったる他人の城へとこりずにまた足を踏み出すのであった。


魔族であり、魔王の側近であったザイエンにとって、娘の一人や二人死んだところで決して心の痛むものではない。

当然、今この城を脱出しようとしている娘――千紗は、勇者の仲間であり彼の敵だ。死んでも気にはならないはずだった。むしろ彼が殺すべき人物だ。

ところが、ザイエンは彼女を殺す気になれないでいた。

「あとは、えーとね……ここ、ここ」

すたすたと三階の廊下を歩きながら、まるで知っていたかのように壁の隠されたボタンを彼女は押す。遠くでガコンガコンと音がした。千紗の耳には聞こえないだろうが、ザイエンには聞こえる。一階から地下へとつながる扉があいた音だ。

彼女の後を歩きながら、フィリップの姿をしたザイエンは尋ねた。

「さっきのボタンは何だ？」

「地下への入り口だよ」

彼女の答えに迷いはない。

なぜ知ってる、とザイエンは眉をひそめた。

王国の南の塔で知り合ったこの娘は、異世界からの召喚者である。勇者と呼ばれていた男、直人とともにこの世界に来たそうだ。

このままではおそらく国王に利用され、役に立たないと分かったら殺されるだけだろうと、ザイエンは彼女に王族用の脱出口を教えた。

それには他意はない。ほんの気まぐれのようなものだ。

けれど今、その千紗が、まるで道を知っているかのようにすたすたとザイエンの城の廊下を歩いている。

「フィリップさん、足元に気をつけてね。そこは小さな落とし穴があるから」

たまに振り向いて彼女が言うのは、その通り、彼が落とし穴を設置した場所だ。

そんな千紗も、時々落とし穴に落ちているので、完璧に場所を理解しているわけではないようだ。

床罠を察知する力があるのかとも思った。しかしそれならば南の塔で、しびれ針という罠がある穴に落ちるはずもないだろう。また、彼女が落ちる穴と落ちない穴があるのも説明がつかない。

しばらく後ろから彼女の行動を観察していてザイエンは気づいた。

――つい最近、ザイエンが増やした罠だけに引っかかっている。

それ以外の罠は、ほとんどすべてといっていいほどに千紗は避けていた。まるでよく見知った家を歩くかのように。

「一体、どういうことだ……」

聞こえないようにザイエンは小さく呟いた。

この城に彼の知らない人間が入ったことはなかったはずなのに。

ザイエンの城は、地上三階建て、地下一階の構造になっている。

千紗を閉じ込めていたのは三階の部屋だったが、彼女はボタンを押して地下への入り口をあけた後、上に向かった。階段は屋上へとつながっている。そこは飛竜の発着場所なのだ。

屋上へあがり、ちらりと外を見て、千紗は呟く。

「シロがいる。……ザイエンはどこにいるのかなぁ」

そこには真っ白な竜――ザイエンの飛竜が身をくるりと丸めて眠っていた。

ザイエンの脳裏に昔の記憶が蘇る。

――この子の名前はなぁに、と姫が聞いた。「名づけていないから好きに呼んでいいですよ」、と彼が姫に告げると、彼女は「じゃあ白いからシロね」と笑っていた。「名づけの才能がない、と仲の良いゴブリンに言われていた通りですなぁ」と、ザイエンは笑い返したものだ。

「……なぜ名前を知っている？」

自然と低くなったザイエンの声に、千紗はびくっと肩を震わせた。

「し、白いから……シロかなって！」

慌てたように言う千紗の言葉は、かつての姫の言葉に重なる。

ザイエンは「……なるほど」と、納得していないながらも頷いた。

変に彼女を警戒させるのは得策ではない。彼女がこの城のことをよく知っているのは不思議だが、どこまで知っているのか探らねばならないからだ。

彼女が知っているのならば、もしかしたら勇者も知っているのかもしれないし、彼女だけに備わった異世界の能力ゆえかもしれない。

そう自分自身に言い聞かせて、ザイエンは千紗の後ろを黙ってついていった。

「ふー、危ない危ない。ぽろっと言っちゃうの気をつけないとなぁ」

千紗は何やら小声でぶつぶつと呟きながら、今度は階段を下りていく。

途中、二階は通路に十以上の扉がずらりと並んでいる。ザイエンがその一つをあけようとすると、千紗は慌ててその手を止めた。

「あー！　ちょ、ちょょっと待って！　この扉はほぼ全部罠だから！」

「そうなのか？」

「中にザイエンの部屋があるけど、また捕まっても困るしあけないほうがいいと思う！」

なるほど、やはりよく知っているなと思いながらザイエンが頷くと、千紗はまた頭を抱えていた。

そして意を決した様子で彼女は言う。

「……実は異世界人パワーでね、私はこの城内のことが分かるの！」

だから決して不思議でも何でもないんだからね、と千紗は怪しいほど一生懸命に弁明した。

やはり勇者の仲間だからそんな能力があったのか、とどこかホッとしてザイエンは頷く。

一点だけ、もし城内のことが分かるのならば——ザイエンが自室にいないのも分かるはずなのに、なぜ先ほどザイエンの部屋をあけなかったのかという疑問が残るのだが。そして、彼女が探している彼がいることも……

フィリップの姿をしたままのザイエンは、改めて千紗に告げた。

「じゃあ、お前の言うことを信頼するから、さっさと脱出しようぜ」

「任せて！」

彼女はぱっと笑顔になって元気な声を出す。その笑顔を見ながら、さてどうしようか、とザイエンは腕を組んだ。

千紗の様子を見に行ったら、流されるままに城を脱出しようという話になってしまった。彼女ならフィリップの姿に騙されるだろうと、ザイエンが外見を偽っていたのが仇になっている。

ちらり、とザイエンは二階の自分の部屋を見る。特に問題もなく、扉は閉じたままだ。

まぁもう少し様子を見るか、とザイエンは千紗の後をついていく。一階までたどり着くと、彼女はさらに階段を下りた。

「もう少し先に行くのよ」

現在彼女が向かっているのは、地下一階のようである。先ほどボタンを押してあけたのは、一階と地下一階をつなぐ扉だ。一階の大扉へは向かいすらしない。

たしかに城内のことが分かるというのは嘘ではないようだ。一階にある大扉はそもそもあかない。見せかけだけで出入り口ではないからだ。

ザイエンは出入りを飛竜で行っているが、地上の出入り口をまるきりなくすわけにはいかないため、脱出路を作ってあった。

それが地下一階にある外につながる扉だが、そこには鍵がかかっている。

どうするのかと様子を見ると、地下に来た千紗はその扉の前を通り過ぎて、さらに通路を奥へと向かった。

「えーと、こっちだ、たしか」

彼女が向かったのは一見、岩壁がむき出しになっているただの通路だ。何も言わずにザイエンがついて行くと、突き当たりで千紗は立ち止まる。

そこに彼女はしゃがむと、もぞもぞと何かを探し出した。

「……何を、探して……いるんだ、チサ」

フィリップの姿に隠されたザイエンの声が、かすれていた。過去の記憶が彼の感情を揺さぶる。

その仕草、その姿を何度見たことだろう。

座った状態で、千紗は彼を見上げて「あれぇ」と困った顔をしている。

「ザイエン、ここに鍵を隠してたはずなのに」

この城のことが分かる、と彼女は言っていた。けれど、分かるのか？　本当に？

——かつて魔王とシルビアにだけ伝えていた、鍵の隠し場所まで。


私は突き当たりの壁の下を一生懸命に探していた。たしかこの辺りに見えない箱があって、その中に鍵があるのだった。

あわよくば魔王城への鍵でもある闇の宝石もあるんじゃないかと思ったが、まったくの空振りだった。堂々と「私についてきて！」と言ったにもかかわらずこれである。

あまりの気まずさに、フィリップさんのほうを向けないまま、私は笑ってごまかした。

「おかしいなぁ、異世界のスーパー能力をもってしても間違うことがあるんだね！」

「……」

フィリップさんからは返事がない。

先ほどから私が城の中を知りすぎていることを怪しんでいるのだろうか。

王国の第一王子である彼は、魔族とは犬猿の仲だろう。間違っても、こんにちは魔王の娘です、と名乗って良いはずはない。

私の様々なごまかしが成功したかどうかは分からないが、とりあえず頑張ったことだけは褒めてほしい。

うーん、と私は腕組みをした。

地下一階の扉は、昔何度か出入りした記憶がある。

「鍵はここです」とザイエンが教えてくれたのがこの場所だ。まだここに鍵があると思ったのが間違いだったのか。

シルビアの時によく抜け出していたあの小窓は、そこから外壁を伝って、飛竜がいる屋上へとつながっていた。下へ行く道はない。

「シロはさすがにザイエンいないと乗っけてくれないし、一階の出入り口はダミーだしなぁ」

ぶつぶつと呟(つぶや)いて私は考える。

城中を家捜(やさが)ししようにも、私がいた時よりも各所に罠が増えている。今のところ怪我をするほどのものには引っかかっていないが、即死級の罠があったらどうなるか分からない。

「やっぱりザイエンの部屋に行くしかないのかなぁ」

ここになければもう、彼の部屋を探すしかない。しかし行って大丈夫だろうか。

すると黙っていたフィリップさんが、急に何かに反応した。

「うおっ!」

「どうしたの?」

私が首を傾げると、彼は慌てた様子で言う。

「い、いや何でも……うわっ――!!」

ドゴオオン!!

彼の言葉に重なるように、上の階から爆発音が聞こえた。ぴしぴしと家鳴りのような、城が軋む音がする。

「え、ええっ!?」

「あーくそ、強度が甘かったか……」

チッと舌打ちするフィリップさん。一体何事か、と私は階段を駆け上がった。

地下から再び、一階の広間に出た私の目の前に映る光景は――

「うっわぁ……」

広間から見える二階、ザイエンの部屋が半壊していた。

扉は吹き飛ばされ、彼の部屋を中心とした周囲の壁に大きな亀裂が入っている。まるで、中で何かが爆発したかのようであった。

そこから、警戒した様子の男が出てくる。青いマントが爆風でふわりと揺れていた。

「笹川くん!!」

「立石さん!?」

お互いの姿を確認して、私達は驚いて叫んだ。

階段を下りて来た笹川くんに聞くと、彼もザイエンにさらわれ、その部屋に閉じ込められていたそうだ。

笹川くんは厳重かつ頑丈な檻に入れられていたようだが、結界が張ってあった扉ごとその部屋を力業でぶちこわしたらしい。

すごい。私と比べて警戒態勢がかなり厳しかったのにもかかわらず、それをさらにぶちこわす勇者、すごい。私の扱いの軽さが悲しくなるくらいすごい。

「笹川くん、そんなところからよく出られたね」

「立石さんこそ、どうやって脱出したの？」

小窓から尻と足を生やしただけで私の脱出は失敗した。よって私は黙秘権を行使したい。

そうして黙り込んだ私の後ろから、階段をのぼってくる音がした。フィリップさんだ。

「……!?」

瞬時に警戒態勢になる笹川くんに、私は慌てて手を振った。

「あ、笹川くん！　大丈夫、この人は囚われ仲間でね、フィリップさんっていう人なの。王国の第一王子なんだよ！」

「えっ、囚われ仲間？　第一王子!?」

戸惑った様子の笹川くんに、私はフィリップさんと南の塔で出会ったことと、そこで脱出経路を教えてもらったことを伝える。

眉根を寄せたままの笹川くんに、フィリップさんが近づく。

「やあ勇者。俺はフィリップだ。はじめまして。よろしくな」

「……よろしくお願いします」

飄々(ひょうひょう)とした様子で手を差し出すフィリップさんに、ぎこちなく笹川くんも手を出した。

二人の間で握手が交わされる。が、その手は離れない。どちらともなく力を入れて握っているようだ。

私は遠慮がちに声をかけた。

「……えーと、笹川くん？　フィリップさん？」

ぎりぎりと音がしそうなほど、彼らの右手に力が込められていくのが見える。

何をしているんだろうとつっこみたい。

「……手を離せよ、坊や」

「そちらからどうぞ」

「笹川くーん、フィリップさーん」

「……親切にもいろいろ助けてやっている俺に対する、感謝の態度ではないよなぁ」

「俺の剣がさっきから警告をしてくれましてね。人の皮を被(かぶ)って何を企んでいるんでしょうね」

その戦いは五分ほど続き、膠着(こうちゃく)状態である。いいから脱出しようよ、という私の訴えは二人ともガン無視だ。一人で逃げ出そうかとちょっと思った。

「……チサの命を救ってやったのは俺だが？」

「通路で倒れていたあれですか？　あのまま放置されたら命が危なかったかもしれないのに」

「そんなんチサが注意散漫なのが悪い。足元をよく見て歩け」

「それは否定できませんけど」

ついに私をディスりはじめた。ひどい。もう置いていこう。

私はすたすたと階段を上がって、ザイエンの部屋をのぞき込んだ。爆発に巻き込まれた彼の部屋は、瓦礫やら書類やらが散乱していて、どこに何があるのか分からない。

「立石さん」

やっと戦いが終わったらしい笹川くんが、階段を上がってきた。同じようにフィリップさんも手をぷらぷらさせながらゆっくりと歩いてくる。

どちらが勝利したのかは、あえて聞かなかった。正直すごくどうでもいい。

「笹川くん、この部屋に闇の精霊の石はあった？」

「いや、なかったよ。たぶん……ザイエンが持ち歩いているんじゃないかって剣が言ってる」

ちら、とフィリップさんを見ながら笹川くんが言う。フィリップさんは飄々とした表情で相づちをうった。

「だろうなぁ。で、どうする？　二人とも」

鍵もない、ザイエンもいないじゃこの城ですることはもうない。嫌がらせでもして逃げるしかない。

「じゃあ笹川くん、壁に大きく『勇者参上！』って書いて逃げようか」

「立石さん、それはどうしてもしないといけない感じ？」

「やめろ、落とすのめんどくさいだろ」

即座に二人から文句を言われ、私は唇を尖(とが)らせつつ周りを見た。爆炎はとっくに収まっていたが、破壊された壁や焼け焦げた家具から、細かい煙が立ちのぼっていた。

一度空気の悪さを認識してしまうと、喉が嗄(か)れたように痛むのが気にかかる。

私は二人に声をかけた。

「こほっ……あ、私ちょっと水飲んでくる」

「大丈夫？」

「うん、平気平気。すぐ戻るから」

心配そうな笹川くんに私は頷(うなず)く。

水筒代わりの水袋はドラワームの背に置いてあったため、喉を潤(うるお)すものがない。一階の広間にはすぐそばの水脈から引いた井戸がある。勝手知ったる他人の城なので、私はすたすたと階段を下りて井戸まで行くと、滑車で水を汲み上げた。

水の入った桶を、長期間ザイエンが使っていない可能性もあるので、念のために一度水を捨ててから改めて汲み直す。

井戸の水は水脈の流れがあるので腐っている心配はない。ぱしゃん、と水を柄杓(ひしゃく)ですくって私は口に寄せた。

すると二階で待っていた笹川くんが顔色を変えて叫んだ。

「立石さん、ストップ！」

「へ？」

柄杓が唇に触れた瞬間、私の目の前をものすごい勢いで七色の残像が走って行った。ちり、と一瞬、鼻の頭に何かが触れる。

「うええええっ⁉」

慌てて顔を引くと、井戸の脇に柄杓を弾き飛ばした七色の剣が突き刺さっていた。ストップと叫ぶが早いか、笹川くんが私に勇者の剣をぶん投げたのだ。

恐ろしい。そりゃ止まる。場合によっては心臓も止まる。

「笹川くん！　私の鼻がもう少し高かったらひどいことになってたよ‼」

クレオパトラでなかったことを感謝すればいいのか恨めばいいのか分からないが、そう訴える私に、笹川くんは慌てた様子で下りてきた。

「立石さん、大丈夫⁉」

「もう少しで大丈夫じゃなくなってた‼」

「いや、そうじゃなくて」

私のブーイングをなだめるようにして笹川くんが剣を手にとった時、いつの間に近くに来ていたのか、フィリップさんが桶から手酌で水をすくった。

彼はそれをぺろりと一舐めして、すぐにはき出す。

「……なるほど」

何がどう、なるほどなのだろう。

目を瞬かせる私に、笹川くんがザイエンの部屋から銀のスプーンを持って来て、その桶に投げ入れる。

「剣が忠告してくれたんだけど……。見てて、立石さん」

茶色い桶の中、透明な水に沈んだ銀のスプーンは、段々と黒く曇っていった。

「……!?」

「毒だな」

フィリップさんが告げた言葉に、私は身震いする。

井戸に毒が入っていたのだ。もし笹川くんが止めなかったら、私は今頃死んでいたかもしれない。

もしやザイエンが罠として……？　でも、笹川くんや私を殺そうとするなら、そんな手間をかけなくても捕まえた時に殺せば良かったんじゃないだろうか。

「どういうことなんでしょうね」

じろりとフィリップさんを見ながら笹川くんが言うが、彼は肩をすくめる。

「俺が知るか。そもそも、この井戸は近くの水脈から引っ張っているんだろうから、もし毒をぶち込んだとしても流れていくだろ」

原因はここではない。ザイエンがやったわけではないのだろう。では、一体何が？

あることに気づいて私はハッと叫んだ。

「笹川くん！　この毒、シシュ村まで流れてる！」

この城は北の村、ユアーズ村寄りの魔の森近くにある。

王国の北には大きな湖とそこから流れる巨大な川があり、シシュ村や魔の森を通って魔王城の近くまで流れていく。

シシュ村にとっては、豊富な川の水が欠かせない。作物、家畜、生活……様々な用途で使われる水に、毒が入れられていたら大変なことだ。

「もしかしたら、水源の湖が汚染されているのかもしれない」

血の気が引くのを感じながら私が笹川くんに告げると、彼もまた真剣な顔で頷(うなず)いた。

「分かった、湖まで空を飛んで見に行こう」

「うん！　あっ、フィリップさんも！」

まさか一人だけこの場に残していくわけにもいくまい。ザイエンが戻って来たら危ないだろう。

そう思って私が振り向くと、フィリップさんはひらひらと手を振った。

「行ってらっしゃい」

「何で⁉　大丈夫だよ！　笹川くん空飛べるし、屋上から逃げられるよ！」

一度に二人抱えて飛ぶことができるかどうか分からないが、順番に抱えてもらえばいいのだ。

一生懸命私が説得するも、フィリップさんは首を縦には振らなかった。

「俺はもうちょい、この中を調べていくから、チサと勇者で行ってこいよ」

「だってザイエンが戻って来たら危ないでしょ！」

「大丈夫。部屋にも地下にもいなかったろ？」

「そんなこと言っても……」

渋る私の肩を笹川くんが押した。

「立石さん、大丈夫だから。行こう」

「笹川くん……」

彼もフィリップさんも、当然のように頷いた。

渋々私は、笹川くんと屋上へ向かう。屋上へたどり着いたところで、笹川くんが「ちょっと待ってて」と城へ戻っていく。

ああは言っていたが、やはりフィリップさんを連れて行くのだろうか。良かった良かった。

私は待ちながら屋上にいる飛竜シロに視線を向ける。シロはじっと私を見た。その髭が機嫌良さそうに揺れている。

私はそっと近づくとシロの首を撫でた。シロはゴロゴロと喉を鳴らす。

人なつっこくて可愛いね、とシルビアの時にザイエンに向かって言った記憶が蘇る。

「シロがいるのにザイエンはどこに行っちゃったのかなぁ」

私はシロを撫でながら、首を傾げて呟いた。


「……で、ザイエン」

井戸まで戻った直人は、半眼でフィリップに向かって言った。

「何を企んでいるんだ？」

フィリップの姿から本来の姿に変わり、真っ黒な服を身に纏ったザイエンは笑う。

「あいつ全然気づかねーのな。逆にびっくりした。どう考えても怪しいだろ、俺」

「……まぁ、たしかに」

剣が直人に『ザイエン様です』と告げたため、彼はすぐにフィリップの化けた姿に気づくことができたのである。

しかしあの場で彼女に告げることで、均衡が崩れるのが怖かった。ザイエンだとばらしたら、千紗を直接攻撃されるかもしれない、と思うと、指摘することができなかったのだ。

「でも……同じくらいあいつも怪しかった」

「あいつって、立石さんが？」

いぶかしげな直人の言葉には答えず、ザイエンは井戸のふちをコツリと指の背で叩く。

「気をつけろよ。この毒は人為的なもんだ。俺を狙ったのか、シシュ村を狙ったのか……あるいは魔王様を狙ったのかは分からんがな」

「……なぜ、俺達を殺さなかった？」

油断した自分自身に歯噛みしながらも、直人は尋ねる。

魔王の側近に捕まった時点で、彼も彼女も殺されてもおかしくはなかった。

ザイエンの黒い瞳が揺れたように見える。

「別に殺しても良かった。ほんの気まぐれだ。ほんの、な」

そしてザイエンは小さく笑う。

「井戸が使えねぇと困るし、解決してくれたらこれをやるよ」

そう言って彼が掲げるのは、黒い宝石。闇の精霊であり、魔王城の鍵だ。

直人は戸惑った。

どうしてそんなことをするのか。まるで「闇の精霊を彼らに与えるための理由」がほしいかのようだった。

「どういうつもりだ?」

「別に。勇者だったら、そんくらいできるだろ? できたらご褒美にくれてやろうってだけだ」

飄々としたザイエンに、直人は黙り込む。

ここで言い争っていても仕方がない。もしこれが罠だったら、改めて戦って奪えばいいだけだ。

直人は小さく息をはいた。

「……分かった。解決できたらな」

「おうよ」

そうして何気ない素振りで、ザイエンは直人に言った。

「――死なせるなよ? あの娘」

思わずムッとして直人はザイエンを見る。胸の奥がざわりと騒ぐ。

そんなこと、言われなくても分かっている。

「魔族に立石さんのことをどうこう言われる筋合いはない。命にかけても守るつもりだ」

「昔、そう言って、守れなかった奴がいた」

低いザイエンの声は、怒っているのか悔いているのか。直人には分からない。

「その瞬間から、そいつの命なんて、ゴミほどの価値もねぇガラクタになった。そうならないようにな」

直人はザイエンを一瞥すると、背を向けた。

「守るよ。彼女がいるから、俺はここにいるんだから」


階段をのぼっていく直人の背を、ザイエンは目を細めて見ていた。

若いなぁとか、自分もあれくらい直情だったなぁとか、思い出しながら。

しかし彼の姫の命は、もう消えてしまったのだ。今の自分は抜け殻で、ガラクタ同然だ。たとえ魔王城の鍵を手にしたところで、扉をあけて魔王のそばに行く資格はない。どの面を下げて会えるというのか。

ふと自分の右手を見ると、小さく震えていた。それは決して、勇者との握手の戦いに負けたからというだけではないだろう。

あの娘のことだって、そんな馬鹿なと思いつつもしかしてという気持ちと、違っていたらどうしようという気持ちがせめぎ合い、身動きがとれずにいる。その不安な心の揺れを示すように震えとなっていた。

「馬っ鹿みてぇ」

ザイエンは自嘲気味に笑う。

彼の望みはただ一つ。姫との再会。それは魔王のためでもあったが、何より彼が会いたいのだ。

彼女にもう一度。

かつて彼女の笑い声が響いていたその城内に、彼は一人佇(たたず)んでいた。

# 第七章　魔法陣に支配された湖

私は笹川くんに抱えられたまま、間近にある彼の顔を見上げた。現在、お姫さま抱っこの状態だ。これが飛ぶ際の魔力消費が一番少ないのだと言われては、照れくさいのを押し隠すしかない。

私の足の下に森が見え、風を切る音が聞こえる。

ザイエンの城の屋上に戻って来た笹川くんは一人だった。フィリップさんのことは何も言わず、すぐに私を連れて笹川くんは湖のほうへと向かって飛んだのだった。

「……フィリップさんは、結局行かないって？」

湖を遠目に見ながら私が尋ねると、笹川くんは苦笑する。

「立石さん、あれ、ザイエン」

「……へ？」

何を言っているのかと私が首を傾(かし)げると、そっちこそ何を言っているんだかという感じで笹川くんは言う。

「第一王子のフィリップは幼少期に死んだらしいって、剣が言ってたよ」

「へ……えええ!?」

ザイエン!?　あれが!?

慌てて私が後ろを振り返るも、すでに城は遠い彼方だ。さらに霧で隠れてしまい、もう見えない。ザイエンの姿も見えないかとじたばたすると、私を抱えている笹川くんは困った顔で言う。

「立石さん暴れないで、魔力消費が激しく増えるから」

「うう、ごめん」

私がおとなしくすると、笹川くんは私を抱え直した。

暴れるなと言われたので、口を動かすくらいしか私にできることはない。

「ザイエンなの、あれが？　何で!?　どうして!?」

「何でって……そもそも立石さん。ザイエンの飛竜がいて、城の中に俺と立石さんとフィリップしかいなくて、どこの出入り口もあいてなかったら、もう選択肢なくない？」

「……」

そう言われてみるとたしかに、ザイエンが飛竜や私や笹川くんを置いて出かけるのもおかしいし、南の塔にいたはずのフィリップさんがあの城にいたのもおかしい。

何で気づかなかったんだろう、と私は首を傾げた。それにザイエンはどうしてそんなことをしたんだろう。考えたが分からなかった。

「まあいいか、過ぎたことは。とりあえず水源に行こう！」

「立石さんのポジティブっぷりに、頭を抱えて良いのか、ホッとしていいのか分からない」

笹川くんがぽつりと呟くが、人間前を向いて進むべきだと私は思うんだ。

私は自分の失敗を思いっきり棚上げして、向かう方角を見る。湖が近づいてきたところで、笹川くんが飛ぶ速度をゆるめた。

　なぜだろう、と思った私だが、湖をしっかりと見て気づく。

　湖の上に紫の光と白い煙を放つ魔法陣が浮かんでいた。湖の縁（ふち）には、高笑いする金髪の男がいて、周りのローブの男達に偉そうに大声をかけている。

「はっはっは！　よーし、もっと魔法陣を大きくするんだ！」

　私は笹川くんとその男を交互に見る。

「笹川くん、あれ……」

「立石さんはちょっと隠れてて」

　笹川くんは湖畔（こはん）の手前の森で、私を地面に降ろした。そして、怒りとも呆れともつかない表情で彼は言う。

「あれが、グレン。第四王子だよ」

「ああ、噂に聞く馬鹿王子」

　なるほど納得。見るからに馬鹿王子っぽい感じがした。

　彼がおそらくザイエンの城に引かれている水の水源である湖に毒をまいたのだろう。しかし、この湖の水は川となって王国領を通るのだ。特に農耕で国を支えているといってもいいシシュ村を。馬鹿王子にもほどがある。受けるダメージは魔族より王国のほうがよっぽど大きいだろうに。

　笹川くんは拳（こぶし）をぎゅっと固めた。

「ぶん殴ってくる」

「叩き切っていいよ」

私が応援すると、笹川くんは「物騒なんだけど」と笑う。目つきを鋭くして空へと飛びかけ、ふと彼は私のほうを振り向いた。

「あっ、立石さん、一人にするけど人質とかにならないでね」

「もちろんだよ！」

すでに二回も囚われの身になっている。さすがにこれ以上はなりたくない。囚われるのが姫の宿命にしても限度があるだろう。

「でもそんなこと言うと、捕まっちゃうフラグが立つからやめようね、笹川くん」

「怖いこと言わないで！」

しかし彼もまた、そう思ったのだろう。引き返して私を抱き上げると木の上のほうの枝に座らせた。

「そこで隠れて待ってて」

「うん、分かった」

私は大きく頷く。ふっと下を見ると遠かった。高所恐怖症の気があるのに、と嘆きながらも私は彼の背を見送ることにする。

幸い、フラグが立っていたにもかかわらず私を捕まえにくるような人はいなかった、と先に告げておこう。


「グレンさん」

そこに舞い降りて声をかけてきたのは、勇者であった。いや、今となってはもう反逆者か。

第四王子グレンは顔をゆがめて笑う。

直人からの眼差しには、軽蔑がまざっているようで不愉快だ。

優秀な兄達と比べて、自分を貶す奴らはいつもこんな目をしている。

「やあ、勇者殿。ご機嫌はいかがですかな？」

「最悪です」

彼は表情を一切変えずにそう返してくる。くくっとグレンは引きつった笑いを漏らす。

最悪なのは自分も同じだ。国の威信をかけて召喚した勇者が逃げ出すなんて、グレンの面目が丸潰れだった。

さらに南の塔に閉じ込めていたはずの第一王子も行方不明で、彼の焦りに拍車をかけている。

オマケの小娘はどうでも良かったが、勇者への見せしめに殺してやることができなかったのは残念でならない。

勇者が小娘と一緒にシシュ村にいるという情報を掴んだが、一歩遅く彼らはシシュ村から出て行ってしまっていた。だから勇者を捕まえる罠を張ろうとしたのに、生意気にもシシュの村人はのらりくらりと言い訳をして、協力しようとしない。

どいつもこいつも、と怒りに震えたグレンはふと思いついた。

魔物を倒し、勇者をかくまっているらしきシシュの村人を痛い目にあわせてやるのだ。

グレンがそんなことを考えていると、直人がちらりと視線を湖に向けた後、話しかけてくる。

「水に毒をまくなんて、正気ですか」

「ほう、よく分かりましたな。さすが勇者殿」

くくっ、と再びグレンは笑う。

巨大な魔法陣は、下の湖に向けて毒の素を放出している。それは水とまじり合い、どんどん湖を満たしていった。そして下流へと流れていく。

「シシュ村にどれだけ被害が出るか、分からないんですか。魔法陣を消してください」

直人の言葉に、もっともらしくグレンは頷いた。

「なるほど、シシュ村。たしかにこの川はシシュ村を通っておりますな。しかし駄目です、勇者殿」

グレンはにんまりと笑みを浮かべる。嗜虐心を込めた笑みだ。

「シシュ村は反逆者をかくまったのです。それなりの罰を受けてしかるべきだと思いませんかな？反逆者殿」

直人はグレンに向けた瞳を鋭くした。

そう、その瞳だ。グレンの存在を軽蔑し、呆れ、怒るその瞳が気にくわない。

グレンだって決してはじめからこうではなかったのだ。

しかしいくら頑張っても、彼の力では優秀な兄達には遠く及ばなかった。彼は悲しいことに凡人だった。どれだけ勉強しても、博識な次兄と比べられ努力が足りないと断じられる。三兄と剣の模擬戦をしては叩きのめされ、その才能はないと嘲笑われた。長兄は嘲ることはないが、彼をかばうこともない。彼は弟達に無関心だった。ただ魔法書を読みふけることに夢中の長兄に何を言おうとも、生返事すら返ってこない。

ひたひたと劣等感がグレンの心をむしばんだ。

兄達に及ばなくて何が悪い、とさらに憎しみが育っていく。

そんなグレンを可愛がってくれたのは父だけだ。優秀な者は可愛くない、と父は笑う。彼は父の権力を使って、邪魔者を排除することを学んでいった。

「魔術者達も、やめてください。これじゃあ大量虐殺だ。分かっているんですか？」

厳しい直人の言葉に、魔術者達はローブに隠された顔をさらに下へ向けた。そのまま石のように動かない。

グレンはフンと鼻を鳴らす。魔術者達には逆らったらどうなるか、心身ともに知らしめている。直人の言葉程度で揺れるはずがなかった。

「……」

話し合いの余地がないと分かったのか、直人は剣を引き抜いた。

対するグレンも、腰から剣を引き抜く。

真っ正面から戦って勇者の剣を持つ男に勝てるわけがないのは分かっている。だからこそ今まで人質をとっていたのだ。

だが、グレンの刃先は、湖にまかれているものと同じ毒で濡れている。

彼は直人に襲いかかった。

たった一筋、傷をつければ直人は毒に倒れるだろう。しかし、グレンの剣が彼をかすめることはなかった。

それどころかグレンは強い風にバランスを崩されてしまう。踏みしめた大地は穴をあけ、勇者の剣からは炎がグレンに襲いかかってきた。

戦い慣れていないはずの直人に、どうしてこんな力があるのか。ただでさえ勇者の剣に選ばれているのに、ずるいではないか。

自分が選ばれなかったものに、彼が選ばれたということが、グレンにはひどく腹立たしかった。無理矢理、直人を異世界から召喚したことなど、完全に棚上げされている。

大きく振りかぶったグレンの剣は、ガキン、と直人の剣に弾かれる。その重い一撃にグレンの手がしびれた。

「くっ……!!」

剣をとり落としたグレンは憎々しげに直人を睨みつける。その視線を真っ直ぐに受け止めて、直人は言う。

「湖の魔術を、解くように命じてください」

グレンは乾いた笑い声をあげた。

「ハハハッ！　残念ですなぁ、反逆者殿。その魔法陣は一度使うと解除は不可能なのですよ」

ニヤリ、と彼は笑う。

「反逆者殿。同じようにこちらの世界に召喚されたあなたがたも、二度と元の世界には戻れない」

剣の切っ先をグレンに向けたままの直人は、その言葉を聞いても冷静なように見える。

「……ある程度、予測はしていました。王が告げた魔王退治の報酬に金や名誉、そして立石さんの狭間からの再召喚の約束はあっても、元の世界に戻すという約束はなかったですから」

グレンもまた、直人に尋ねられても「私は詳しくないもので」とあしらっていた。

「はい」とも「いいえ」とも言うわけにはいかなかったのだ。「はい」ならば嘘となり、それがばれた時にまずいし、「いいえ」だと直人が王国に協力しないと言い出さないとも限らない。

予想よりずっと直人の反応が冷静だったこともあってか、グレンは攻めかねていた。

魔術者達は役立たずにも、おろおろとしているだけだ。

「お前達も攻撃しろ！」

グレンが怒鳴ると、慌てた様子で魔術者達が構えに入る。

しかし、風・水・火・土の精霊を操る勇者相手に、彼らの放つ火炎球や土の槍はことごとく消滅させられる。反撃によって土の塊に体を捕らえられ、魔術者達は動くことができなくなってしまった。

「ええいこの！　役立たずどもが‼」

グレンは怒りのままに直人に攻撃していく。湖のほうへと空を飛んで逃げる直人に、なおも追いかけるように剣を振るった時に、彼はずるりと足を滑らせる。

「グレン様‼」

土の塊に囚われたままの魔術者達から悲鳴があがった。グレンは湖に転がり落ち、バシャバシャと慌てた様子で水をかいている。

「く、くそっ！」

グレンは転がり落ちた時に、ひどく水を飲んでしまった。何とか湖の縁まで泳ぎきると、グレンは草を掴んで上がろうとした。

しかし。

「……な……!?」

グレンの手に力が入らない。腹の奥からはき気が襲いかかり、グレンはごふっと水面に何かをはく。大量の血だ。

「何……だと……!?」

グレンの足も手も動かない。なぜと思いかけて、彼は気づいた。

――毒の湖と化した水を、飲んでしまったことを。

「ば……!!　助……」

馬鹿もの、助けろとグレンは叫ぼうとしたが、魔術者達は土の塊に囚われて身動きがとれず、湖に落ちた彼を救うことができるものはいなかった。

その時、ざばっと水が勢いよく動き、球体と化した水とともに彼は陸上に投げ出される。

「ぐ……ゴフッ！　ゴホッ！」

水と血を次々とはき出しながら、グレンは湖畔の草原に転がった。ひゅー、とかすかな息を漏らすだけ。もはや罵る気力もない。

同時に土の塊から解放された魔術者達が、慌ててグレンに駆け寄る。

「グレン様！」

その声も遠く、ゆがんだグレンの視界はどんどんと暗くなっていった。

直人におびえながらも、魔術者達はグレンを馬車に乗せて王都のほうへ逃げ出していく。

追撃せずに馬車を見送った直人に、剣は声をかける。

『よろしいのですか？　勇者様。わざわざ水の精霊を使ってあんな男を引き揚げて』

直人は目を伏せた。

「毒に汚染された水を大量に飲んでしまっているから……」

自業自得とはいえ、目の前で誰かが死んでいくのを見るのは、たとえどんな相手でも避けたい。

もしかしたら王城には解毒の能力を持ったものがいるのかもしれないが、王城にたどり着くまで彼の命が保(も)つかどうかは怪しいところだ。

直人は湖の上に浮かんだ魔法陣を見ながら、剣に尋ねる。

「結局、魔法陣はどうしようもないかな？」

『はい、勇者様。術者がいなくなっても魔法陣が消えていないので、おそらく半永久的に続く魔法ではないかと』

直人や千紗の召喚もそうだった。王城の魔法陣は消えることなくそこにあった。そしておそらく消す方法はないのだろう。

もし魔法陣を消すことでこの世界から直人たちを追い払うことができるのならば、グレンはそうしたかもしれない。

「この魔法陣は、剣の力でもどうにもならない？」

『はい。もしこれをどうにかできる方がいるとすれば……』

何か言葉を続けようとして、しかし剣は沈黙した。

どうにもならないのであれば、とりあえずシシュ村に警告に向かわねば。

そう考え、直人は千紗のもとへと向かった。しばらくして、空を飛ぶ直人の姿を見つけたのか、森の中から彼を呼ぶ声が聞こえた。

「笹川くん！」

木の上でおとなしく彼らを待っていたらしき千紗が、こちらに気づいて手を振っている。

良かった、さらわれなかった、と直人はホッとして彼女のもとへ向かう。

千紗を抱き上げたところで、彼女は川を挟んで反対側にあるものを指さす。

「笹川くん！　ほら、あれ、ドラワーム！」

言われて見ると、鞍をつけたドラワームがそこにいた。ザイエンの城に着いた時にいなくなってしまったはずだが、そのドラワームはおとなしくこちらを見ている。

「……あれは」

しかし気になることがあった。そのドラワームの最後尾……端のほうに、魔物の姿が見える。ホブゴブリンだ。緑の体を隠すようにして尻尾部分に掴まっている。

そういえば、最初にドラワームを手に入れた時に、このホブゴブリンがいたような……

「乗って行こう！　最速だと一日かからないくらいでシシュ村に着くって！」

直人は千紗の言葉に戸惑った。

彼女は後ろのホブゴブリンに気づいているのだろうか。ザイエンの城で捕まったことも含め、罠のような気がするのだが……

「……でも、立石さん……」

『勇者様』

ためらう直人に、剣は柔らかな口調で告げる。

『心配なさる必要はありません。罠ではありません。ドラワームを使えば魔力は使わずに済みますし、乗ったほうがいいかと』

「……あ、ああ」

彼は千紗を抱えたまま、川の反対側のドラワームまで飛ぶと、その鞍に座った。後ろにいるホブゴブリンを警戒しながら動く直人だったが、ホブゴブリンはドラワームに顔を伏せていて、特に襲ってくる様子はないようだ。

直人が両手に手綱を握った瞬間……待ちかねていたのかドラワームが川に飛び込んでいく。

「え！　ちょ、ちょっと!?」

今この川は毒に汚染されている、と直人は焦る。

しかしドラワームはすいすいと、水上を泳ぐように進んでいった。

慌てる直人に千紗は言う。

「大丈夫だよ、もともとドラワームは障害物のある森の中より、水上のほうが走りやすいんだって！」

「でもこの川、今は毒が……！」

「それも大丈夫！　ドラワームは毒耐性があるから！」

隣に座った千紗はあっさりと彼の不安を一蹴した。

二人に水しぶきが飛ぶのを防ぐために、直人は剣に促され、置いてあった水袋から水をとり出した。それを使って周囲に水のバリアを張る。もし水が飛んできてもこれなら大丈夫だろう。

ドラワームは川を下っていく。直人の手綱に誘導されるまでもなく、勝手にシシュ村へと向かっているようだった。それを見ながら、直人は思う。

――なぜ彼女は、そんなことを知っているのだろう。

不思議なことが多かった。彼女はどうして魔の森のど真ん中で生き延びられたのか。後ろにいるホブゴブリンとはどんな関係なのか。初めて見るはずのドラワームの性質をどこで知ったのか。

けれど、彼女がそれを彼に話すつもりがないだろうことも、分かっている。

直人の胸が小さく軋む。

「……信用されていないんだろう、なぁ」

ぽそっと呟く直人の声は、水音にかき消されて千紗には聞こえないようだった。

＊＊＊

私はドラワームの最後尾、尻尾の部分にしがみついているゴブくんに親指を立ててみた。

どうよ、ゴブくん！　無事、笹川くんには見つからなかったよ！

しかし彼はしがみつくのに必死で、こっちを見ようともしない。ちぇっと口を尖らせながら、私は前に向き直る。

それは笹川くんが戻ってくる十分ほど前のことだった。


「……ーい。おーい！」

川向こうで何やら聞き覚えのある声がしたので、見るとドラワームがうねっていた。私はそっと視線を逸らす。

ドラワームに慣れたと言ったが、あれは嘘だ。一定時間が経つと苦手意識が復活する。

「無視すんじゃねぇ！　はよ返事しろ！　姫さま！」

渋々私がそちらに視線を向けると、ドラワームの鞍に座っていたゴブくんが、ざぶざぶと川を渡ってこっちに来た。

「ゴブくん、どうしてここに？」

「近くまでこっそりついてきてたんだよ。無事ザイエンさまと会えたか？」

「会えたは会えたんだけど、ザイエンだと気づかなかった！」

「何でだよ!!」

ゴブくんのつっこみに、私は一生懸命にザイエンの城で起きたことを弁明する。

呆れ顔のゴブくんは私の座っている木のすぐ下まで来ると、鞍(くら)の隣を手でぽんぽんと叩いた。

「まったくしょうもないな、姫さまは！　もう俺がザイエンさまのところまで連れてってやるから乗れよ！」

「あっ！　それよりゴブくん！」

ドラワームドライブに誘われた私は、さらりと話題を変えた。

そもそもここで待っていると笹川くんと約束したのだ。どこかに行くわけにはいかない。

「魔の森の川、大丈夫⁉　今、川に毒が入っているらしいんだけど……！」

きょとん、とゴブくんは目を瞬(また)かせる。

「川に毒？　何でまた……？」

「よく分からないんだけど、王国の馬鹿王子がこの川の上流の湖に毒を流してるって」

「ふむ、その可哀想な名前の奴は頭も可哀想なのか。そもそも毒耐性がある魔物は多いぞ。ゴブリンも成人すれば毒耐性あるし、ホブゴブリンやオーガなんて言わずもがなだな。このドラワームすら毒が効かないし」

それではもう、シシュ村だけに直撃する、つまりは王国への自爆プレイでしかない。まったくあの頭も可哀想な馬鹿王子は！

私はぷんすか怒りながら川を見た。透明な川の水が静かに流れている。

「川、どこまで汚染されちゃっているのかな？」

すでにシシュ村に届いていてもおかしくはない。

するとゴブくんが「ああ」と手を叩いた。

「それでか？　川で魚が浮いているとシシュの村人が騒いでいたぞ。ニンゲンが飲んで死者が出ているかどうかは分からんが……」

「うぬぬ……笹川くんがグレンを止められるといいんだけど……」

「毒が全部流れてしまうまで、水を飲まなきゃいいんじゃねーの？」

私は先ほどの光景を思い出した。湖の真上に浮かぶ魔法陣を。

「うーん、毒の影響がそれだけで済むのか分からないし、魔法で半永久的に毒を作り出せるとしたら？」

「……」

ゴブくんは腕を組んだ。

「そりゃあ……他に水のあてがなけりゃあ、喉が渇いて死ぬか、飲んで死ぬかの二択しかねぇな」

「うぬぬぬ……」

おかみさん達が心配である。どうにかできないものか。

その時、ふと私はザイエンの城で見つけた『植物図鑑』について思い出した。

「そうだ、ゴブくん！　お願いがあるんだけど！」

「えっ、姫さまのお願いは大抵ひどいから嫌だ！」

「ちょっと隠れてシシュ村まで一緒についてきて！」

「お前は人の話を聞け!!」

そのブーイングはスルーして、ゴブくんは笹川くんに見つからないようにドラワームの尻尾にしがみついてもらった。そして私と笹川くんは、全速力のドラワームに乗ってシシュ村へと向かっているのである。

「……くっそ……何で俺が……」

ぶつぶつと小さく恨（うら）みがましい声を放つゴブくんがちらりと私を見たので、「見つからなくて良かったね！　声出すとばれるから、しーっ！」と口パクで伝えると、一言「うるせえ、お前がだまれ」とゴブくんの口パクが返ってきた。

私もちょっと申し訳ないとは思っているんだよ！　ホントだよ！

ちらちらと後ろを向く私に、笹川くんは苦笑しながら何も言わずに手綱（たづな）を握っていた。

私達がシシュ村にたどり着いた時、村は騒然としていた。

それもそうだろう。ここは豊かな村だ。作物が実り、動物もたくさん飼っている。

――そんな中、豊富に流れる川の水が使えないなんて、ありえないことだった。

「何事かと思ったら……なるほど、あの馬鹿王子の仕業（しわざ）ね」

笹川くんが湖での出来事を話すと、おかみさんは眉間に皺（しわ）をよせた。

場所はやまいろ亭。丸一日走り通して、ドラワームに乗った私と笹川くんはシシュ村までたどり着いた。

一つのテーブルを挟んで、対面にはおかみさんとローラさん、私の隣には笹川くんが座っている。

「そうなんです。馬鹿王子のせいで、毒が流れてきているんです」

私は頷く。

「とりあえずは、宿や各所にある汲み置きの水で、まかなえるだけ頑張るしかないね」

おかみさんの言葉に村人達は頷いた。

しかしそれで保ったとしてもせいぜい数日。その後はどうするべきか。

私は両手をぎゅっと握りしめると、言った。

「おかみさん、アガラの実を集めようと思うんです」

「……アガラの実？」

問い返すおかみさんに、私は首を縦に振る。

「その種、毒消しになるんです」

戸惑った様子でおかみさんは私に言った。

「以前オーガを追い払った時に探したけど、アガラの実を持っている村人はいないよ」

アガラの実と種は強い解毒作用があると知られる高級品である。採取したらすぐに種をとり出し、実は干して保存されている。その実を持っている人はいなかった。

それはもちろん承知の上である。私は一つ提案をした。

「魔の森にたくさんあるので、とりに行きませんか？」

「ええっ⁉」

「魔の森に⁉」

私の言葉にシシュの村人達は難色を示す。

シシュ村近くの魔の森は、ゴブリンやホブゴブリン、オーガの縄張りであるため、無事に戻れる保証はない。

「魔の森に入って無事に出られるものなんて、おかみさんとか元冒険者くらいしかいないぞ」

村人がそう言うと、おかみさんも付け加える。

「それにチサ、たとえその実をとったところで、種自体の小ささから考えても、毒をとり除くのに使える量は少ししかないよ」

私は両腕を組んでうんうんと頷（うなず）いた。

ゴブリンの縄張り云々（うんぬん）については、ホブゴブリンのボスであるゴブくんが仲間を抑えてくれると話がついている。また、オーガは先日のオーガキングの襲撃以来、姿を見せていないので心配はない。

さらに、アガラの実はゴブリンの巣のすぐそばに大量に実っているのである。ゴブリンにとっては臭いので食べることもできないアガラの実だが、繁殖率が高く、処分するのも大変なのでほぼ放置されている。

問題ないと言いかけた私に、さらにおかみさんは言った。

「あとは森の中に川から発生した毒霧があるから、森に入ったら倒れるよ」

「おっとそれは想定外だ！」

アガラの実を持てるだけ持ってドラワームに積み込むつもりだったが、まさかの毒霧ストップである。

私は普通に毒霧で倒れるだろうし、同じくおかみさん達もそうだろう。どうしたらいいのか。

「あ、毒が効かないようにはできると思います」

そこに救世主が登場した。私の隣でずっと何事か考え込んでいた笹川くんが手をあげたのだ。

「毒に汚染していない水で鼻や口に膜を張って、魔の森に入ればいけるはずです。ただ表面に張った水で酸素を供給するので、長時間や大人数は難しいです。それにもし魔物と出会って戦ったりして膜が壊れると大変なので、その点さえクリアできれば」

彼の言葉に私は考え込む。

「うーん、じゃあ短時間で行って戻って来ないといけないね」

ホブゴブリンの巣穴の場所はうろ覚えだ。シルビアの時は魔王城から行っていたので、反対側のシシュ村から行くと、迷ってしまう可能性もある。

ゴブくんに道案内してもらえれば一番早いのだが……

さすがにホブゴブリンが友達ですと話すのはまずいかもしれない。私が一度ゴブくんに案内してもらって道を覚えてから、シシュ村に戻って再度案内するべきだろうか。

しかし時間が経てば経つほど、毒に汚染された水域が広がっていく。

早めにどうにかしなければならない。

私は「ちょっとだけ待っててください」とおかみさん達に言って、やまいろ亭の食堂から廊下へ出る。笹川くんを手招きすると、彼もまたそっと席を外して廊下に出てきてくれた。

「笹川くん、あのね」

「うん」

廊下の物陰で私はこそこそと笹川くんに話しかけた。私が口の横に手を当てて内緒話をしようとするのを見て、背の高い彼はかがんでくれる。

私をじっと見てる笹川くんの真剣な眼差しに少し戸惑いつつも、私は彼に耳打ちした。

「アガラの実が密生している場所、ゴブリンの縄張りなんだけど……オーガはいないらしいし、ホブゴブリンは襲ってこないんだって」

「……」

「で、そこに行くルートは分かるんだけど、ちょっとうろ覚えで、できれば案内してもらおうと思っているんだ——ホブゴブリンに」

私の言葉に、一呼吸置いて笹川くんが尋ねる。

「それって、あのドラワームにくっついていたホブゴブリン？」

「え!!」

まさか気づかれていたのか、と私が驚きに目を丸くすると、彼は苦笑する。

「そりゃあ気づくでしょ。ピンクのドラワームに緑のホブゴブリンがくっついていたら目立つよ」

「くっ、ゴブくんをピンクに塗るべきだった……！」

たとえそこにピンクのペンキがあったとしても、断固としてゴブくんが拒否するだろうことは想像に難くないが。

加えて笹川くんは言う。

「そのホブゴブリンは、立石さんの何？」

「……えーと、魔の森で迷っていた時に助けてもらったの！　協力してくれるしいい人なんだよ！　人じゃないけど！」

嘘ではない。真実をすべて言っているわけではないが、ゴブくんは私を助けてくれたし、私に協力してくれる。いい人……いや、いいホブゴブリンなのだ。

私の言葉に、笹川くんは一度目を伏せる。

「じゃあ、……俺は立石さんの何？」

「……えっ？」

何、と言われると……。元は普通のクラスメイトで、隣の席だった。今となっては異世界に二人きりの大切な人だ。

そう言おうとして、なぜか私は言葉に詰まる。

そんな私に笹川くんは視線を向けると、微笑んだ。少し困ったような、無理して笑っている顔だった。

「……ごめん、変なこと聞いて」

「いや、それは……むしろ私のほうが……えっとその、ごめん……」

何と言っていいのか分からず私が謝ると、彼は努めて明るい声を出してきた。

「ともかく、ホブゴブリンが味方してくれるんだよね？　じゃあ魔の森に向かおう。そこでアガラの実を集めようか」

「う、うん……」

私が頷くと笹川くんは食堂のほうへ向かっていった。その背に私は手を伸ばそうとして、ぴたりと止まる。

――俺は立石さんの何？

言葉にして聞かれると、何と言っていいのか分からない。

大切な人だ、と言おうとして私は気づいた。

私にそんな言葉をはくだけの権利があるのだろうか。だって、私は笹川くんに前世のことを何一つ話していないのに。

おかみさんや他の人達にうまく説明しているであろう彼の後ろ姿を見ながら、残された私は自分自身に愕然とした。

――私は、笹川くんのことを信じてないのか。

私がシルビアであったこと。ゴブくんと友達であったこと。そしてこれから魔王城に行く笹川くんと、目的が違うかもしれないこと。私は一切彼に話していない。

「……私……」

笹川くんは私を助けるために王国に協力して、私を助けるために王国から離反した。

ただのクラスメイトの私を、守ろうとしてくれている笹川くんに表も裏もない。

しかし私は、一生懸命にごまかしてはいるが、ゴブくんやザイエンや魔王に親しい感情を持っている。もし笹川くんが彼らを倒そうとしたら、私は……一体どうするのだろう。
「私、馬鹿だ……」
廊下に立ち尽くしたまま、下唇を噛んで私は目を閉じた。
……こんな状態で、どうして笹川くんを大切な人だなんて言えるだろうか。
そしてそれを、笹川くんも感じているに違いない。
暗鬱な気持ちで窓の外を眺めると、黒い霧の立ち込める魔の森が見える。
それは私の心よりも重苦しく、森を包んでいた。

# 第八章　魔の森を抜けて

魔の森へと向かう一行は、口の周りに水でできたマスクのようなものをつけていた。

毒を受けつけない反面、何かにぶつかったり激しく動いたりすると壊れてしまうから気をつけるように、と直人は言う。

直人や千紗、そしておかみさんや村の屈強（くっきょう）な若者数人ら一行は、どんよりとした雰囲気に包まれていた。

というのもいつも明るい千紗がしょんぼりと歩いていて、すぐ隣を歩く直人も同じように口数が少ないからだ。

ムードメーカーともいえる二人を心配して、ちらちらと村人は彼らの様子をうかがう。しかし、大人の判断で、ぎこちない彼ら二人を見守るだけにとどめた。

直人は、正直頭を抱えたい心境だった。

……何であんなことを言ってしまったんだろう。あれじゃまるで立石さんを責めているようだったじゃないか。

いや、たしかに自分は彼女を責めたのだ。信用してくれないことを、言外に示して。

ちらりと直人が隣を見ると、千紗は目を伏せがちに、時々周囲を見回して「たぶん、こっち」とみなの誘導をしている。その表情は曇ったままだ。

……こんな顔を、させたかったわけじゃない。

いつも笑っているから、絶望的な状況を気にするふうでもなかったから、自分は彼女に求めてしまった。抱えているものを、自分に伝えてくれたっていいじゃないか、と。

何という傲慢(ごうまん)な思いなのか。異世界に二人きりで落とされたこともあり、彼女にとって自分が特別な存在であると思ってしまったのだ。だから彼女の秘密を、そして心を知りたかった。

直人は唇を噛(か)む。

――連絡石で千紗と話した時の、彼女の涙声を忘れたわけじゃなかったのに。

――倒れた千紗と出会った時の心臓が止まるような恐怖を、彼女が生きていてくれただけで良かった気持ちを、忘れたわけじゃなかったのに。

悶々(もんもん)と悩む直人の耳に、千紗に話しかけるおかみさんの声が聞こえてくる。

「チサ。あれが、アンタ達の言ってたホブゴブリンかい？」

おかみさんは、沈んだ状態の千紗に声をかけていた。

ハッとして彼女は顔をあげる。おかみさんが指をさした方向に、一匹のホブゴブリンがいた。

「ゴブくん！」

少しだけ彼女の表情が明るくなった。それを見てチクリと直人の胸が痛む。

ホブゴブリンは千紗に返事をした。

「ニンゲンばっかりだな！　こいつら全員連れて行くのか？」

「うん、そうなの。シシュ村の人達だよ。案内してほしいの」

千紗は頷いている。

そのホブゴブリンは肩をすくめると、手招きをしてついてこいというジェスチャーをした。

おかみさんが直人に囁く。

「すごいね。チサはホブゴブリンと会話ができるんだねぇ」

直人は普通にホブゴブリンの言葉が理解できていたので、目を瞬かせる。

「おかみさん達はホブゴブリンと会話できないんですか？」

「魔物と会話できる人はいないさ。普通はね」

「……そう、ですね。……普通は」

目を伏せる直人の背中を、おかみさんはバンバンと叩く。

「なぁに、心配しなさんな。みんなアンタ達を応援してるよ」

「お、おかみさん……」

「大丈夫だって！　若い子達に喧嘩はつきものなんだから、ちゃんと話し合っておきな！」

おかみさんは力強く、直人の背中を再び叩く。直人の水マスクが壊れかねない勢いだった。彼は苦笑しながら頷く。

おかみさんや村人にまで心配をかけて、申し訳ない。そして彼女の言う通り、千紗と話し合うべきだろう。

「後で、謝っておきます」

まずは毒をどうにかしないとですからねと笑う直人に、おかみさんはもう一度背中を叩いて励ましてくれた。


魔の森の道中で、私はしょんぼりしていた。

正直、前世の記憶を思い出してから、心もち魔族よりの心境だった。だって、ゴブくんも優しかったし、ザイエンもいろいろ助けてくれたし。

人間側を見れば国王に捕まるわ、馬鹿王子が川に毒を流すわで、どん引きしていた。

しかし、そんな人ばかりではない。

おかみさんだってローラさんだって、シシュの村人だってみんな、素性（すじょう）の知れない私に優しかった。笹川くんもずっと私の味方でいてくれたじゃないか。

ただ、今の私に前世のシルビアの記憶が深く影響を及ぼしていた。

胸の奥に、伝えきれなかった後悔が沈んでいる。父、魔王との忘れられない幸せな思い出が、そこにはあった。そしてそれを人間に奪われた恨（うら）みも。

だから、私は、いやシルビアは、完全に人間に寄り添う心境になれなかったのだろう。

けれど、それではいけない。駄目なのだ。

私はシルビアではない。立石千紗だ。前世に囚われてしまっていては、決して幸せになんてなれない。

こくり、と私は喉を鳴らす。

――話そう、笹川くんに。前世の自分を、そして今世の自分がどうしたいのかを。

そう決意を固めていると、おかみさんに声をかけられた。

「チサ。あれが、アンタ達の言ってたホブゴブリンかい？」

私が顔をあげると、そこには呆れ顔のゴブくんが見える。

「よくまあ、こんなにニンゲンを連れてゴブリンの巣の近くまで行こうなんて……」

ぶつぶつと私に文句を言いながらも、ゴブくんは巣穴近くからゴブリンやホブゴブリンを離してくれたらしい。魔の森の奥まで来ても、魔物に襲われることはなかった。

「まあまあ、逆にアガラの実が減ったほうが嬉しくない？」

「あの赤い悪魔の繁殖力を舐めるな」

私の言葉に彼は真顔で返事をする。

「ここだ」

そう言って案内してくれたのは、かつてゴブくん達とよく遊んでいた巣から少し離れた森の中だった。たくさんの木が立っており、それにまきついた蔓（つる）に、大小様々なアガラの実がなっていた。

「じゃあ、みなさん。袋にアガラの実を入れていきましょう！」

「あいよ！　さあ、みんなやるよ！」

私の声に応じて、おかみさんや村人達はせっせと実を袋に詰めていく。笹川くんも同じように実を詰めているが、私とは少し離れた場所にいた。

私がアガラの実をとるためにかがむと、ゴブくんがこっそり私に囁(ささや)いてくる。

「……で？　姫さまは何に凹(へこ)んでんだよ」

おお、我が友よ！　と感動のあまり抱きつきかけたが、ゴブくんは冷静に私の頭を押さえて「やめろ、いや結構マジで。予想だが状況が悪化するぞ」と言い切った。

その冷静さが恨(うら)めしい。

私は深くため息をついて、ゴブくんに話す。

「……何ていうか、自分の浅ましさに気づいて凹(へこ)んでるところ。ゴブくんはそういうことはない？」

「ない」

ゴブくんは私の悩みを一刀両断した。

「だって俺ら、浅ましいどころか身内同士でも裏切りとかあるし。今回もアガラの実を収穫することだったからホブゴブリン仲間が避難しただけで、ニンゲンを巣穴近くまで案内したとかばれたら反逆されてもおかしくないし」

「それは……えーと、世知辛(せちがら)いね。ホブゴブリン界も」

現在ホブゴブリンのボス格であるゴブくんも、決して信用できる仲間がいるわけではないようだ。

魔物はそういうものなのだろうか。

私がぽいぽいアガラの実を袋に詰めながら相づちをうつと、ゴブくんは続けて言った。

「魔族は力があるものが偉い、っていうのが基本的な考え方だからなぁ。だから魔王さまが、表に全然出てこないのにずっと最上位にいるわけだし」

「なるほど……じゃあさ、話変わるけど。私がゴブくんにいろいろ大事なこと、内緒にしていたらどう思う？」

私の言葉にゴブくんは「ふうん」と口の端を上げつつ頷いた。ちらりと視線を笹川くんに向ける。

「なるほど、あいつだろ？」

「ど、ど、どいつかな！　フランスかな!!」

「意味が分からん。まあそうだなぁ……仕方ねーんじゃねーの？　誰だって内緒にしたいことはあるだろ」

「めっちゃ仲良しだったとしても？」

するとゴブくんは肩をすくめる。

「逆に聞くが、仲良しなら内緒にすることがあっちゃいけねぇのか？」

「……」

「ニンゲンの決まりはよく分からんけど、何でも話さないといけねぇなら、息苦しい生き方してんなって思うぞ」

ゴブくんの言葉に私はぽかんと口をあける。

すぐに「手が止まっている」とゴブくんに怒られ、私は慌てて実を袋に入れた。

ちなみに、口は出すが絶対手は出さないゴブくんである。アガラの実に触ると匂いがつくから嫌なんだそうだ。

「そっかぁ……そっか。伝えることで私、嫌われたり距離を置かれたら、やだなぁって思ってたんだよね」

「じゃあ姫さまはそいつと仲良しでも、信じてはいないんだな」

ゴブくんの言葉はぐっさりと私の胸に刺さる。それが図星であるから、なおさらだ。

「……うん、信じてない自分に気づいて、凹んだの」

「ふーん」

彼はあっさり私の言葉を流した。慰めるでもなく話を続ける。

「じゃあ、伝えて嫌われたり距離を置かれたりしてくりゃいいんじゃねーの？　そっちのほうが姫さまはスッキリするんだろ？」

「笹川くんはそんな人じゃない！　……と思う」

「やっぱあいつじゃねーか」

しまった、口が滑った。

ぱっと私は口を手で押さえる。ぱしゃんと水音がして、手に触れた何かが崩れ落ちた。

あわわ、水マスクをしていたんだった！

「ちょ、立石さん！」

笹川くんが私のほうへ駆け寄ってくる。私は息を止めて深々と土下座した。

「いや、いいから！　土下座とかいいから！　顔をあげて！」

慌てた様子で笹川くんは私を引き起こすと、水袋からきれいな水をとり出し水のマスクをかけてくれた。彼はホッと息をはく。

再度の水マスクで無事息ができるようになった私は、笹川くんに改めて謝った。

「ごめん、笹川くん」

「いいけど、びっくりしたよ。気をつけて」

「ホント……ごめんね」

私の言葉に、笹川くんは視線を逸らした。少しの沈黙の後、意を決したらしく彼は言う。

「……俺のほうこそ、ごめん」

「……笹川くん」

「何ていうか、俺、異世界に来てさ、立石さんのこと守らなきゃってずっと思ってて。でも立石さんが俺のこと頼ってくれていないって、子供みたいに拗ねて、情けない」

「そんなことないよ、あのね、笹川くん」

言いかけた私の言葉を止めるためか、彼は手を広げた。

「ごめん、無理強いしたいわけじゃないんだ。立石さんが話そうと思った時に、いつか話してくれたら嬉しいから」

「いつかが今だよ！　笹川くん、実は私――！」

「……盛り上がっているところを非常に申し訳ないが」

頬杖をついて座っているゴブくんが淡々と話しかけてきた。

「そろそろ戻らないと、その毒霧避けの水マスク、危なくねぇか？」

「……」

「……」

冷静に考えると、すでに魔の森へ入って一時間以上経過していた。

水マスクは呼吸で少しずつ消えていくし、再度全員分作れるほど水袋の量は多くない。

実を袋に入れ終わったらしき村人達は、何だか優しい笑顔で私と笹川くんを見守っている。

私は一瞬で頬(ほお)が熱くなるのを感じた。穴があったら入りたい。

「か……帰ろうか」

「そ、そうだね……」

私と笹川くんはお互い顔を真っ赤にして、重いアガラの実を背負いつつ早足でシシュ村へと戻ることになった。

なお周りの村人達の優しい笑顔は帰り道もずっと続いていた。ホントに穴を掘って埋まりたい。

森を出たところで霧が晴れた。ふう、と私はため息をつく。

シシュ村のそばの川に待機させておいたドラワームの近くで、一同は立ち止まった。

「で、これをどうするんだい？」

おかみさんが私に尋ねる。私はドラワームを指さした。

「えっと、あそこのドラワームの背に全部積み込んでください。私と笹川くんは、上流にある毒の発生源のところへ向かいます」

「ふんふん。じゃあみんな、積み込もうか」

おかみさんの号令で、村人達はドラワームの荷物用の籠(かご)に次々と袋を置いた。そこにローラさんも来て、食料や荷物などを積み込んでくれる。

荷物や袋の中のアガラの実を売れば結構な金額になるだろうに、彼らは無条件で私のことを信頼してくれている。何だかそれが嬉しかった。

思わず私がそう言ったら「馬鹿だねぇ、チサ。それで小金を稼ぐよりも、水をどうにかするほうが最終的にずっと大金が入るだろう」とおかみさんは笑い飛ばす。

ローラさんも同じように微笑んでいる。私は胸が温かくなるのを感じた。

すべての実を積み込み終わると、私と笹川くんはドラワームの背に乗り込む。

あ、と私は森を振り返る。そこには私達を見送りに来たゴブくんがいた。

「ゴブくんも来る？」

「絶対嫌だ」

ゴブくんは即座に、断固として拒否した。

アガラの実をどうするか、彼にはある程度想像がついたのだろう。

「じゃあ、おかみさん、ローラさん、みなさん。行ってきます。ゴブくんも、またね」

「気をつけるんだよ、チサ」

「チサさん、お元気で！　待ってますから！」

ぺこりと私達が頭を下げると、おかみさんやローラさん、そしてシシュの村人達が手を振ってくれる。ゴブくんは軽く手をあげて、さっさと森へ戻って行く。

「行こうか」と手綱を握った笹川くんは笑った。

毒川と化した水流を、ドラワームはすいすい遡る。念のためと水のマスクをつけなおし、私と笹川くんは湖へと向かっていった。

笹川くんは前を向いたまま私に尋ねる。

「それで、立石さん。これからどうするの？」

「湖の魔法陣の近くに、湖畔まで降りられるところがあったよね。あそこに向かおう」

「そこでアガラの実をどうやって使うの？　作業によっては結構な時間がかかると思うんだけど」

荷台に載せた十数個の袋を見て、笹川くんは眉根を寄せた。私は笑って実の使い方について答える。

「うん、時間がかかりそうだから、流れ作業でいこう。私、中の種をとって振るから、笹川くんはそれを実の中に戻して投げて」

毒のまかれた湖の水はそこにとどまるわけではなく、川に流れ込んでいる。一番良いのは、水が川に流れる前に毒をすべて抜くことだ。

「魔法陣の下に網を張って、そこでアガラの実を爆発させると、湖の水に溶けた実はそのまま川に流れて下流の毒素を中和してくれるし、網にかかった種がフィルターの役目になって毒を抜き出してくれるんじゃないかなって」

言うなれば漉し器みたいなものである。清潔でない水を飲むことができるように砂や木炭などで漉すのと同じく、毒素を吸収する性質がある種を使うのだ。そのため、アガラの実をとりに行っている間、ローラさん達に目の細かい網とそれを張る長い綱を作ってもらっていた。魔法陣のサイズが湖ほど巨大ではないのが幸いである。

ぶっちゃけ、成功するかどうかは分からない。うまいこと網全体に種が引っかかってくれないといけないし、実際に魔法陣からの毒を中和してくれるかどうかも分からない。

サイズよりずっと大量の毒を吸収する種ではあるが、今ある量では成功しても水を浄化するのは一週間が限度だろう。

私は笹川くんに言った。

「その間に、魔法陣を解除する方法を見つけに行こう」

「王国に？」

「ううん」

私は首を横に振る。

王国の魔術は最先端のようだが、間違ってもエルゼン王の協力を得られるはずはない。そもそも消す方法があるのならば、私達が召喚された魔法陣もグレンによって消されていただろう。よって王国に魔法陣を消す方法はないのではないか。

ならばどうすれば……と考えた時に、思いついたのだ。王国と同じくらい魔術書が揃っている城がある。私の育った場所だ。

「魔王城に、行こう」

ザイエンの城にあった魔術書は、そこから持ち出した子供向けのものだ。魔王の蔵書は壁一面にあって、どこに何があるのか分からないほどだった。大量の蔵書の中には魔法陣について書かれたものもあるだろう。

私は話すなら今しかないと思い、少しだけ緊張して、笹川くんに言う。

「私ね——そこで暮らしていたの」

前世、魔王の娘だったの。

そう、私は彼に告げた。


魔法陣の下に網を張り終え、直人はアガラの実を投げた。

ばっしゃーん！　という激しい水しぶきとともにそれが破裂する。

アガラの実は水に溶け、種は丁度よく網に引っかかる。重なったり大きすぎたりするものは、直人が水や風の精霊を使って丁寧に位置を調整していく。

実が入った袋が半分ほどになった頃には、すっかり網目全体に種が引っかかった状態になっていた。

「水はどんな感じ？」

尋ねる千紗に、直人は剣に触れる。剣は柔らかな声音(こわね)で言った。

『十分飲めるくらいに毒素は減少していますね』

「大丈夫そうだって」

「やったー！　じゃあ、袋を片づけよっか！」

すっきりとした表情の千紗は笑顔で頷(うなず)く。彼女は空になった袋をせっせとドラワームの背に運んでいった。

直人に隠していたことをすべてはいて、千紗は元気いっぱいのようである。

対する直人は、複雑な感情に囚われていた。こっそりとドラワームの反対側に回ってため息をつく。

『何か悩みごとでしょうか、勇者様』

剣の声に対して、直人は言いよどんだ。

「悩みごとっていうか……剣は、気づいていたの？　立石さんが魔王の娘だって」

『うすうすは』

しれっと剣は応じる。

『勇者様には私が翻訳しておりますので魔物とも会話ができますが、ただの人間は魔物と会話ができないものです。また、あのホブゴブリンが彼女を姫様と呼んでおりましたので』

だからホブゴブリンと対峙していた千紗を見た後から、ひどく剣の口調が穏やかになったのはそのせいだろうか。それまでずっと剣は悲しげだったのに。

「なら、何で教えてくれなかったの？」

少し恨めしげな口調になった直人の言葉に、さらにしれっと剣は答える。

『姫様がお望みでなかったようなので』

「……」

あっさりと直人より千紗の味方であることを白状した剣に、彼は苦笑した。

ホブゴブリンも、剣も、果てはあのザイエンまで、みんなして彼女の味方のようである。そこが何だか……うん、何となくもやっとするのだ。

「立石さんは……授業中眠っていたくせに時空を超えたとか言い張ったり、俺からノートを借りて必死に写してたり、テスト前になると急にＳＮＳが活発になったりするような女の子なんだ。そんな立石さんしか、俺は知らない」

——前世、魔王の娘だったの。

そう伝えた千紗に、直人は戸惑（とまど）いを隠せない。

通常なら「正気に戻れ」と千紗の肩を掴んで揺さぶりたいところだったが、彼女の目は真剣で、彼には何も言えなかった。

「黙ってて、ごめんね。もし私のことが信用できないとかなら、別行動でも……」

そんなこと、と直人が言いかけた時に、千紗は自分で自分の頬（ほお）を思いっきり叩いていた。痛そうだった。

「……ごめん、今のも逃げだった。私、傷つかないように先回りして、心の準備をしてたんだけど、本当は」

彼女の頬（ほお）が手の平形に赤くなっていく。そんな彼女の姿を、可愛いと思いはじめたのはいつからだろうか。

「笹川くんに嫌われたり、避けられたりするのが嫌だったの。笹川くんが一緒に行ってくれたら、嬉しい」

直人は黙ってその頬に手を伸ばした。ひやりとした彼の手が、赤くなった千紗の頬に触れる。

「……痛かったでしょ？」

「めっちゃ痛かった。手加減すれば良かった」

へらり、と彼女は笑う。

その姿はいつも見ている、隣の席の女の子だ。彼の知らない、魔王の娘なんてものではない。

「……立石さんと一緒に行けるのなんて、俺くらいじゃない？」

くすりと笑って直人が言うと、千紗も嬉しそうに笑い返した。


「正直、腹が立つんだよね。剣も、ホブゴブリンも、ザイエンも。みんなして立石さんのことを姫さまってさ」

ぶつぶつと直人は不平を言う。剣は反論することなく黙って聞いていた。

「立石さんは立石さんだし。ちょっと不思議な前世があるくらいで、今、別の名前で呼ばれることに俺はあんまりいい気分はしないよ。立石さんに怒ってるわけじゃないけど」

『勇者様は嫉妬しておられるのですか？』

「ちょっ……！」

直人が反論しようとしたところ、少し遠くで袋を片づけていた千紗が近づいてくる。

「笹川くん、こっち側終わったよー」

「あ、うん。ありがとう。向こう側の袋もお願いできる？」

「ん？　はいはい」

不思議そうな顔をしながらも彼女はドラワームの反対側に回った。

ふう、と直人は息をつく。そして剣の柄（つか）に触れたまま焦ったように囁（ささや）いた。

「ち、違うから！」

『まあ、そういうことにいたしましょう』

「……それより！」

直人は強引に話題を変えた。剣はあえて追及せずに沈黙する。

「結局どうなの？　剣は魔王を止めたかったんでしょ？　魔王は娘を亡くして瘴気（しょうき）をまいているなら、立石さんと会えば大丈夫になる？　魔王を倒さなくて済むの？」

今は勇者の剣と呼ばれているが、元は魔王の剣である。

嘆（なげ）き悲しみ荒れている魔王を救う術（すべ）は、倒すしかないと考えていたようだ。でも娘である千紗がいれば元に戻り、倒す必要はなくなるのだろうか。

『――いいえ』

凛（りん）とした声で剣は言う。

『倒すのが、魔王様にとって最善である――という可能性もあります』

「最善って？」

『三百年、というのはとても長い。悲しいほどに長い時です』

何度目を覚ましても娘のいない日々しか来ない。終わりのない苦しみが続く魔王。それは、どれほどの絶望だろうか。

『魔王様は、もう話が通じる状態ではないかもしれません』

「……」

『もしも魔王様が、姫様を殺そうとするような精神状態であるのならば』

剣はひと呼吸おいて続ける。

『殺してさしあげるのが、私の敬愛です』

剣の決意に、直人はそれ以上何も言えなかった。


私と笹川くんが荷物を片づけ終えた時、上から私に向かって何かが飛んで来た。

かろうじて私がそれをキャッチすると、手の中には黒く丸い宝石があった。

「ごくろうさん」

もはや姿を偽(いつわ)ろうともせず、湖の上空で飛竜に乗った黒衣の青年は笑っている。私は思わず叫んだ。

「ザイエン！」

「やるよ。それ」

手の中のそれは、闇の精霊であり、魔王の城の鍵だった。

こんなあっさりいいのだろうか、という私の怪訝(けげん)そうな顔を見て、彼はまた笑う。

「魔王様はお強いから、お前らが返り討ちにあったら俺がトドメをさしてやるよ」

「嬉しくない！」

さも親切そうにザイエンは言うが、内容はまったく親切ではない。ブーイングをする私をかばうように片手を広げて、笹川くんが言った。

「ザイエンは行かないのか？」

「魔王様に合わせる顔がない。……それと俺は俺で、することがある」

ニヤリと彼は笑う。

私達が内容を尋ねようとも、彼がそれを教える気がないのは明らかだった。ザイエンがさっさと行こうとしているので、私は思わず叫んで呼び止めた。

「あっ、ザイエン！　あの――！」

「いい」

もはや情報解禁なので、マイネームイズシルビアと伝えようとした私を、彼は一刀両断した。ちょっとは人の話を聞こうよ、と頬(ほお)をふくらませる私に、ザイエンは振り返って告げる。

「言葉はいらない。行動で示せ」

行動って？　魔王城へ行って、魔王を倒すこと？

――それとも、魔王に私のことを伝えることだろうか？

迷って揺れる私に、ザイエンは小さく呟(つぶや)く。

「まさか召喚が成功した核が、お前だったとはな」

「えっ？」

私が意味を尋ねる前に、彼は私達に背を向ける。

私にザイエンの心の内をそれ以上知る術はなく、彼は夕暮れの空を王国方向へと去って行った。

私は手にした黒い玉を見る。闇の精霊が、暴れることなくそこにいた。笹川くんはそれを見ながら言う。

「剣が『闇の精霊は、魔王城の門を開くと言っています』って」

「ふむ……」

もはや私達の行く手を阻むものはなくなった。

「行こうか、魔王城」

笑う私の手を、闇の精霊の玉ごと笹川くんはその手で包んだ。私より少しだけ大きな手は、温かい。

「もし魔王が、立石さんのことを殺そうとしたら」

じっと、笹川くんは私を見つめて言葉を続ける。

「俺は、魔王を倒すよ」

私は彼を見つめ返す。

うん、とも、やめて、とも言えなかった。

――きっと魔王は、私のことを分かってくれる。だって、ゴブくんだってザイエンだって、分かってくれたもの。

そんな甘えた気持ちが打ち砕かれるのは、魔王城の正面に立った時だった。

「……」

異様な雰囲気の魔王城の前で、私は息を吞んだ。

巨大な魔王城の門の前に、私と笹川くんは立っている。

魔の森を突っ切り、城のすぐ手前まではドラワームに乗ってきたが、魔王城が近づくにつれ、ドラワームが怯えて動かなくなってしまった。

仕方なく私達が降りると同時に、ドラワームはさっといなくなる。何か恐ろしいものから逃げ出すかのようであった。

そこから歩いてたどり着いた魔王城は、周りを森で囲まれ、その城壁は蔓で覆われている。

正面の門はさびついており、長い間開いた気配もない。

「……真っ暗だ」

ぽつりと私は呟いた。空を見上げて笹川くんも同意する。

「たしかに。一度眠って、朝になってから来たのに……夜のように暗いね」

彼の言うように、周囲は暗く太陽の光が届いている様子はない。

けれど違う。真っ暗なのは空でも周囲でもない。魔王城が真っ暗なのだ！

「笹川くん、見えない？　城自体を覆っている真っ暗なもやみたいなもの」

高くそびえ立つ魔王城全体を、黒いもやのような、煙のようなものが包んでいる。最上階にある魔王の部屋の壁や窓にも枯れた植物や蔓が絡まり、陰鬱な雰囲気が漂っていた。

「もや……？　どこに？」

笹川くんは眉をひそめた。彼の持つ剣にも聞いてもらったが、『分かりかねます』という返事だったそうだ。

私にしか見えないのだろうか、と戸惑う私に、笹川くんは心配そうに声をかける。

「立石さん……ここで待つ？」

「行く！」

私は即答した。

ここで待っていても仕方ない。私は魔王と笹川くん、どちらにも負けてほしくないから、そばにいることを決めたのだ。

笹川くんが門の前に黒い宝石をかざすと、闇の精霊は門全体に黒い光を浴びせた。結界も解けたようでギギギ……と鈍い音をさせて門が開く。

あいた門の奥にある魔王城の広い庭園を見て、私は息を呑む。

それはシルビアの頃の記憶とひどくかけ離れていた。

何種類もの薔薇を見ながら、私達がお茶をした白いテーブルはひっくり返り、背の高い草に埋もれてかすかに足しか見えない。もはや白いとは言えないさびついた椅子が三つ、誰に座られることもなくボロボロの姿を見せている。

薔薇のアーチは崩れ落ち、代わりにたくさんの雑草が茂っていた。

色とりどりの魚が泳いでいた大きな池の水は涸れ、石積みの井戸は壊れて桶が転がっている。中央に飾られていた女神の像は、バラバラ死体のようにその欠片があちらこちらに点在していた。

「……」

深い闇と、絶望と、終わらぬ三百年の嘆きをそこに見た気がする。

けれどこれは、魔王にとっては未だ続く地獄のような日々なのだろう。

「立石さん」

そっと笹川くんの手が私の頬をぬぐう。

いつの間にか泣いていた。城を見上げた視界はゆがみ、黒いもやはゆらゆらと揺れている。

「笹川くん。どうして私、もっと早く戻ってこられなかったんだろう」

私の声は震えている。

三百年もの間。一体何をしていたのか。どうせ生まれ変わるのならば、即座にこの世界に生まれ変われば良かった。そうすれば、これほどまでに魔王の闇は深くなっていなかっただろうに。

私の言葉に、彼は何も答えなかった。ただ震える私の手をとって、言った。

「行こう、立石さん」

私は頷く。深い深い闇の中に、入って行くために。

＊＊＊

彼は真っ暗な闇の中にいた。どれほど時間が経ったのだろう。それすら分からない。

ただ毎日、幽鬼のようにふらふらと歩き回り、ある部屋へ向かう。

彼の足元には瘴気の塊のような黒いものが浮遊している。通常の人間が触れれば、一発で心が壊れること間違いなしの黒い憎しみの塊だ。

しかし彼がいつも入るその部屋だけは綺麗に掃除され、床にはチリ一つ落ちていなかった。

彼はその部屋に入って、微笑む。

「シルビア」

その部屋の中央には透明な棺がある。

中には――誰もいなかった。枯れることのない魔法をかけられた花だけがその中にしきつめられている。

「シルビア、お前は一体、いつまで隠れているんだ」

透明な硝子に手を当てて、彼は囁く。その視線の焦点は定まっていない。

昔、この透明な硝子の中には一人の娘が納まっていた。腐らぬよう保たれたその娘の姿は、生きているかのようであった。銀の髪はつややかに美しく、閉じた瞳をあければさぞかし愛らしい表情の娘がそこにいただろう。

彼は娘の笑顔が見たかった。当時棺の中にいた彼女に話しかける。

「娘よ、早く起きてくれ。父はお前の笑顔が見たい」

だが、彼女が決して目をあけることはない。

彼女が亡くなって百年、二百年経っても、同じように語りかけ続けた。

いつ頃だったたか、彼の一番の側近は娘を生き返らせる方法を探すために出て行った。見つかるまで戻るつもりはないと、感情を抑えた声で言っていたのを、ぼんやりと覚えている。

その透明な棺（ひつぎ）は、ある日一部が欠けてしまった。彼は動揺して硝子（ガラス）の欠けた部分を修復しようとする。

その時、割れた隙間からキラキラと、光の粒子（りゅうし）が広がった。

目を見開く彼の前を光は漂（ただよ）って——すうっと消える。彼が棺（ひつぎ）に目を戻した時には、そこに娘の姿はなかった。

絶望したような彼の叫びが、遠く王国まで届く。それゆえに王国は警戒し、長い間放置していた魔王退治に取り組むことを決めたのだ。

——それが、今から十六年前のことだった。

「シルビア、出て来ておくれ。シルビア」

彼は娘が消えた棺（ひつぎ）にすがりつき、哀願（あいがん）する。しかし彼の娘は二度とそこに出現することはなかった。

しばらくして、そうか、と彼は思い至る。

シルビアは城のどこかに隠れているのだ。ならば娘を探してやらなくては。

それまでずっと棺（ひつぎ）のそばから離れなかった魔王は、ふらりふらりと城内を徘徊（はいかい）するようになる。

最上階の自分の部屋、宝物庫、図書室。どの部屋も長い放置の果てに朽（く）ちていた。

食堂、広間、地下室。調理道具が転がっていたり、燭台（しょくだい）が落ちていたりと散らかっている。彼の足に当たった邪魔なものは蹴って端（はし）に転がした。

しかしどこにも彼女はいない。

本当に困った娘だ、と彼は眉尻を下げて笑う。

彼は娘の姿が消えた日から、毎日のように城の中を探して歩いている。本をすべて引っ張り出して本棚の後ろも調べたし、宝物庫の中をひっくり返して手の平ほどの小さな箱すらあけて探した。

だが彼女はいない。仕方なく彼女の部屋の棺のそばへ戻って、繰り返し呟く。

「娘よ、父の負けだ。おいしい菓子をやろう。それともほしい宝石を買ってやろうか。出て来ておくれ」

空っぽの棺からは、当然何の返事もない。

「まったくお前は、ひどい娘だ。見つかるまで父に探せというのか」

眉尻を下げた状態で、彼は情けない声を漏らす。

昔、小さかったシルビアは、この広い城内で迷子になったことがある。最初は一人遊びで探険していたつもりが、やがて道が分からなくなってしまったのだ。

探して探して、やっと彼女を見つけた時、彼女は泣きながら彼に飛びついてきた。

さぞかし不安だったのだろう、震えるその背を彼が撫でても、彼女は泣きじゃくったままだった。

今も同じ気持ちでいるに違いない。一人ぼっちで、彼を呼んでいるだろうか。

「シルビア……どこだ。シルビア……」

そうして彼はふらりと立ち上がって、捜索を繰り返す。自分の部屋から始まって、宝物庫、図書室、食堂、広間、地下室……

ふらふらと歩き続ける彼の足元には、相変わらず黒い煙のように瘴気がたゆたっていた。

＊＊＊

「うわぁ……！」

私は城の中に入って、小さく叫んだ。

足元に漂う黒霧や備品が散乱した城内は、ぶっちゃけゴミ屋敷の比ではない。

「これは……やばい‼」

一階玄関ホールの脇に置かれている像に積もっている埃は、もはや地層となっている。カーペットがしかれていたであろう床は歩くと埃の中に足が沈み込むし、そのたびに黒霧が舞い上がった。

早々に私は笹川くんに水マスクを頼むことにする。

彼は自分と私に水マスクをつけると、目を瞬かせた。

「中に入ったら俺も黒い瘴気が見えたけど……にしても、惨憺たる有様だね……」

「三百年後の室内ってこうなるのか……」

正直、凹み続けるわけにもいかないレベルで驚いた。庭もひどかったが城内はさらにひどい。

今ならば通販番組の何でも綺麗になるスポンジを買ってしまうレベルである。

昔は誰が掃除をするでもなく城内はいつも綺麗だった。たしか魔力で動く自動掃除機みたいなのがあったような気がするが……何だったっけ。

しかし、と私は床を見て笹川くんに言う。

「これ、もし魔王に襲いかかってこられたら危ないよね？」

水マスクが戦っている間に壊れてしまったら、張り直す時間があるかどうか。最低でも対峙する場所の瘴気をどうにかしたいところである。

「うーん……せめて玄関ホールの扉、あけとく？」

「うん。あと、お掃除グッズ探しに行こう、笹川くん」

私は彼に提案した。笹川くんが怪訝そうな顔をする。

「……魔王城にお掃除グッズがあるの？　立石さんが掃除してたとか？」

「あっはっは、笹川くん。この城にいたの魔王と姫と側近だからね。考えてごらんよ。誰も掃除する気がなさそうでしょ？」

「……やだなぁ、そんな城」

そう言いながらも笹川くんは私の後をついてくる。

「使用人とかいれば良かったんだけど、魔王がそういうのを嫌がってさ。埃や瘴気を吸って自動的に床を掃除しつつ動く魔法具とかがあったはずなんだけど」

「……それって魔法具っていうか……日本にもあるよね。自動掃除機」

「しーっ、笹川くん。魔法具にもアイデンティティがあるから！　それは言っちゃ駄目！」

「……」

笹川くんは魔法具のアイデンティティを守るために黙ってくれた。

私達は瘴気がふよふよと漂う廊下を抜け、掃除グッズが入っている小さな部屋の戸をあける。中は泥棒にでも荒らされたかのように、物が散乱していた。

「うわぁ。あるかなぁ……」

ゴミ袋はひっくり返され、棚の上のものはすべて落ちている。足元の山を探ってみると、そこには充電……もとい魔力切れ状態の、ひっくり返ったままの白くて丸い魔法具があった。

「笹川くん、これに魔力注げる？」

「じゃあ、これで」

笹川くんは手に持った闇の精霊をその魔法具に当てた。

じわ、と魔法具が少しだけ黒くなる。私が魔法具を下ろすと、勢いよく床の瘴気を吸い込んでいって、カサカサカサと廊下へと消えた。それが通ったところだけ床が白くなっている。

「瘴気がエネルギー源みたいなものだから、本当は半永久的に動くはずなんだけど……」

裏返ると動けなくなってしまうのだ。何者かにひっくり返されたのだろうか。

私は魔法具が動き回って白くなった廊下をきょろきょろと見回す。床から舞い上がる黒い瘴気が減り、呼吸くらいはできそうな感じになった。

「笹川くん、もうマスク外しても大丈夫そう？」

「たぶん」

笹川くんが頷いて水マスクを外す。私もマスクを外し、ホッと息をはくと、床のゴミ山をひっくり返した。

「あとは空気清浄機があったはずなんだけどなぁ……どこ行ったんだろう」

「立石さん、もう魔法具のアイデンティティをスルーしてるでしょ」

呆れ顔の笹川くんに、私は笑ってごまかす。

しかし探しても空気清浄機は見つからない。諦めて、他に何個もあった自動掃除機を床へ放った。

それらはカサカサカサと廊下を走っていく。

「いっぱい瘴気(しょうき)を吸ってきてねー」

手を振る私に笹川くんは尋ねる。

「立石さん。……魔王はどこにいそう？」

私はパタンと扉を閉めて鍵をかけ、棚に寄りかかると、首を傾(かし)げた。

「たぶん、魔王の部屋にいるんじゃないかと思うんだけど……最上階の」

魔法陣のことを調べるならば、そこだと告げようとした時、ガチャリ、と小部屋のドアノブが音を鳴らした。

＊＊＊

ふらふらと幽鬼(ゆうき)のように歩いていた彼は、ふと物音を聞いた。

「……!?」

やっと娘を見つけられるのかと彼は喜んで物音がしたほうへ振り返った。しかし彼の目に映ったのは、床の瘴気を吸い込みながら進む魔法具である。階段をのぼってきたのか、二階部分の床を白くしていた。

「……」

まぎらわしい、と彼は足でその魔法具を蹴飛ばした。ゴロン、とひっくり返った魔法具は、その場で動かなくなる。

こんなもの、今は必要ないのだ。埃や瘴気に弱い人間であった娘のため、できるだけそれらを少なくしようと開発した魔法具なのだから。

——いや、何を言っているのか自分は。必要ないわけがない。娘が城に隠れているならこの魔法具はいるだろう。

彼は自分の思考に混乱する。

必要ないと断じる自分も、必要だと思う自分も、同じくらい正しいと感じた。何かがおかしい。耳を澄ますと、同じような魔法具がうろうろしている音が聞こえた。耳障りな、と彼は顔をゆがめる。

それと同時に、誰かの話し声が聞こえた。

「……」

ふらり、と彼は階段を下りていく。

彼が大階段を下りた一階で、外へと開かれた扉が見える。

どうしたことだろう。娘が城の外へ出てしまうと危ないから、扉は閉じていたのに。もしや娘は庭へ出てしまったのだろうか。

　ふらふらと彼は庭園へ出てみる。

　乱雑に生えた草や、地面の泥が彼の裾を汚すが、気にはならなかった。

「……シルビア」

　城門もあいてしまっている。何ということだ。娘は庭ではなく城外に出てしまったのだろうか。

　まったくあの娘は目が離せなくて困る、と彼は口の端を吊り上げる。

「……魔王、さま……」

　ふっ、と彼が声のほうへ視線を向けると、庭園には一匹のホブゴブリンがいた。そのホブゴブリンは驚いたように目を見開いている。

　瞬時に殺そうとして、彼は手を止めた。

　……そういえば、シルビアと仲の良いホブゴブリンがいたような。危ない危ない。あやうく娘を泣かせてしまうところだった。

「……シルビアのトモダチだったか？　一緒に遊んでいるのか？　まったく、そろそろ遊びは終わりにしなさい」

　彼はそのホブゴブリンを叱りつけた。

　シルビアと仲が良いのは知っている。しかしこれだけ長く遊んでいるとは、常識がなっていない。もう夕食の時間なのに。外だって暗いだろう。

　彼がそう叱ると、ホブゴブリンの表情が絶望に染まる。

「私の友達に何てことを言うの！」とシルビアが機嫌を損ねてしまう、と焦った彼は慌ててフォローする。

「よいよい、そこまで反省しなくてよい。シルビアとはこれからも、仲良くしてやってくれ。で、娘はどこだ？」

「……魔王さま、どうか、正気に……」

「ああ、もしかしてもう部屋に戻ったのか。仕方ない。迎えに行くか」

のそりのそりと彼は庭園から城へと戻る。

彼が二階のシルビアの部屋に向かった時に、青ざめたままのホブゴブリンがどこか別の小部屋に向かって行くのが見えた。

たどり着いた二階のシルビアの部屋には、変わらず誰もいない。

彼はため息をついて階段を下りる。

ふと、彼は視線を感じた。首を傾げつつ周りを見ると、先ほどホブゴブリンの向かった小部屋から、顔をのぞかせているものがいる。

「……？」

知らない顔の女だった。シルビアと同じくらいだろうか。真っ黒な髪と目で、彼をじっと見つめていた。どこか悲しげな表情をしている。

いや、そんなことはどうでもいい。それよりも早く、早くシルビアを。

彼はまた幽鬼のように、ふらりとその部屋があるほうへと歩き出した。

＊＊＊

ガチャ、ガチャと何度もノブを回す音がする。

私と笹川くんは一瞬硬直した後、息を潜めて扉を見守った。

何度もノブを回して、扉はあかないと見たのか、今度は扉を叩く音と、何やら声が聞こえる。こ、怖い、と半泣きの私を笹川くんがその背にかばう。

「……けろ。あけろって、早く！」

切羽詰まったような扉の外の声は、どこかで聞いたことがあった。

「……ゴブくん!?」

「しー!!」

部屋の中で叫ぶ私の倍くらいの大声で、扉の向こう側の声が叫んで答える。

慌てて私が扉をあけると、外にいたのはやはりゴブくんだった。私はホッと胸を撫で下ろす。

「やだ、どうしたのゴブくん。どこのホラー展開かと思っ……」

私の言葉は途切れた。

扉から顔をのぞかせて、薄暗い廊下の左右を見回した私の視界に闇が映る。

廊下の奥にある薄暗い階段から、カクリと首を傾げるのは真っ白な顔。

外に出なかった三百年が、肌をより青白くさせたのだろうか。彼の体は黒いマントに覆われていて背景に溶け、まるで空中に白い生首が浮かんでいるかのようであった。

――父さま。

心では分かった。けれど、私の記憶の中の〝父さま〟とはかけ離れた姿。

真っ白な生首に視線でロックオンされて、私の喉から悲鳴が飛び出しかけた。

「つきゃ……！　むぐ」

私の口をふさいで、押し込むようにゴブくんが部屋の中へ入って来て、バタンと扉を閉めた。すぐさま笹川くんが鍵をかける。まるで連係プレーだ。ゴブくんは慌てた様子で私を制止する。

「しーっ！　しーっ、姫さま!!　マジで!!」

震える私の肩を、笹川くんが支えてくれた。ゴブくんが私に囁く。

「姫さま。ドラワームがすごい怯えた様子で戻って来たから、何かあったのかと思って様子を見に来たんだ。姫さまの場所は匂いで分かるし。そしたら……」

緑色の肌なのに、彼の顔は青ざめているようだった。

「庭で魔王さまに会って話しかけたが……どうやら正気を失っているのは間違いない。だから、姫さまのことも分からないと思う」

「むぐぐ……ぷはっ」

私は口を押さえるゴブくんの手を押し返す。

そんなはずはない、と言おうとした瞬間、私は先ほどの姿を思い出した。

……父に、私は見えていただろうか。

真っ黒なその目は、何もとらえていないような気がした。見えているようで、何も見えていないのではないか。

ぞわりと私の体が冷えていく。

「立石さん……大丈夫？」

「笹川くん……」

私の肩を支える笹川くんは、まっすぐに扉の向こう側を見据えている。その額に冷や汗が浮かんでいた。

「ヤバイ……瘴気が溢れてきている。水マスク……つけたいけど、魔力を動かしたら、たぶんすぐにばれる……」

途切れ途切れの彼の声は、ひどくかすれていた。そう言われて私も息苦しさを感じる。

この圧迫感は廊下をうごめく瘴気のせいだろうか。それともその主のせいだろうか。

近寄ってくるその音と同時に、足元で瘴気が舞い上がってくる。息を潜めるように、私達は外の様子をうかがった。

「……ア……どこだ……」

地の底から響くような、陰鬱な声と、ずる、ずると何かを引きずる音が扉越しに聞こえる。

心臓の音さえも聞こえてしまいそうで、私は胸をぎゅっと押さえた。

「……シルビア……どこだ……」

カチャ、とドアノブを回す音がした。息も止めるように、私達は沈黙するしかない。

カチャ……ガチャッガチャッ!!

乱暴にノブが回される。苛立ったようなその物音はついに扉ごとガタガタと震わせる音に変わった。

「どこだ、シルビア……！」

その悲痛な声に、思わず私の唇から言葉が漏れる。

「……父さま」

小さな声だった。聞こえるはずもないくらいの。それなのに――

馬鹿、と青ざめたゴブくんが口を動かす。

その瞬間、激しい爆発が起こった。

## 第九章　魔王

爆発で吹っ飛んだ扉は、ゴブくんの体にぶつかり、その勢いで私も笹川くんも小部屋奥の壁へと吹っ飛んだ。私をかばった笹川くんが、硬い壁に背中を叩きつけられる。

「ごふっ……！」

「さ、笹川くん!!」

体をくの字にして彼は地面に膝をついた。私は慌てて彼の体を支えようとするが、力が出ない。瘴気のせいでどうやら私も動きが鈍くなっているようだ。

扉に向かって爆発の魔法を叩きつけた魔王は、瞳孔の開いた目で小部屋を見渡している。

その視線は私へと向けられ……そして離れていく。

「シルビア……どこだ、シルビア……」

「父さま！　父さま……っ!!」

私は叫んだ。聞こえないのか、聞いていないのか、彼は頭をかきむしった。

「くそ、シルビア。ああああ!!」

魔王の周囲に黒い魔力がたまっていく。その様子を見て、私は凍りついた。

ここでその魔力が再び爆発したら、間違いなくみんな死ぬ。

ぱっ、と手を広げて私は笹川くんをかばう。

私のせいだ。思わず「父さま」と言葉をこぼしてしまった。話しても通じないと伝えられていたのに。

「立石さん、駄目！　どいて!!」

前に立ちふさがった私の肩を掴んでどけようとした笹川くんの手は、力なく滑る。

「ごめんね、笹川くん」

会ったら私に気づいてくれると思っていた。でも父の、魔王の目は私を素通りしただけ。

魔力を爆発させる寸前の魔王の姿をじっと見ながら、私は精一杯手を広げる。

「立石さん！」

笹川くんの切羽詰まったような叫び声を聞きながら、私は目を閉じ、そして――

鋭い叫び声がした。

「……さま。魔王さま！　姫さまは、外です!!」

ふっ、と放出しようとしていた魔王の魔力が消える。彼に、届いた声があった。私ではない声だ。

カクリ、と魔王は首を傾げた。そして扉の下敷きになったゴブくんを見つめて、機械のような声を出す。

「……外？」

「そうです、外です！　姫さまは出かけてしまわれたようです！」

扉の下敷きになったまま、ゴブくんは叫んだ。魔王の顔が嬉しそうなものに変わる。

「外か……まったく、手間のかかる娘だ……」

フフ、と笑うと魔王はまたカクリと首を傾げて、私達に背を向けた。その途端、息苦しさが薄れる。

真っ黒な魔王のマントの裾は土に汚れていた。向けられた背中は、悲しくなるほどに疲れている。足を引きずりながら、ずるりずるりと魔王は廊下へ消えて行った。

へたりと座り込む私の腕を、背後の笹川くんがぐいと引いて、怒鳴る。

「馬鹿っ!!」

「……ごめん。思わず声が出ちゃって……」

向かい合ったまま小さくなって目を伏せる私に、笹川くんがさらに怒った。

「怒ってるのはそこじゃない！　どうして俺をかばったの！」

「……」

ぱちくり、と目を瞬かせると彼は私の両腕を掴み、唸るように言った。

「俺に、立石さんが目の前で死ぬのを見ろと!?　その結果どうなるか、分かったんじゃないのか!?　魔王の今の姿を見て!!」

「ごめん……笹川くん」

完全に正気を失っていた魔王の姿が目に焼きついている。

私は喉の奥から込み上げてくるものを感じた。

「……父さまが」

――怖かった。自分を愛してくれた父はそこにいない。魂のない抜け殻で、ねじで動くブリキのおもちゃのような。壊れた人形のようだった。

「父さまが、もう、父さまじゃなかった……」

ゆがんでいく自分の視界を、私は堪えようとするが堪えられない。

笹川くんの胸に顔を埋めて、私は泣き出した。

「私のこと、分からなかった！　もう、父さまは――！」

泣きじゃくる私の背中に腕を回し、笹川くんはぎゅっと抱きしめてくれる。

背中を撫でる笹川くんの手は、ひどく温かかった。彼より一回り大きな父の手を思い出して、私は涙が止まらなかった。

――私が泣き止んだところで「度々邪魔して悪いが、そろそろ機転を利かせた俺を助けてもらってもいいか？」と冷静に言う扉の下のゴブくんに、私と笹川くんは平謝りで扉を退けるのであった。

ぐす、と鼻をすすると、私は笹川くんとゴブくんに向き直った。そして謝る。

「二人とも、ごめんね」

すると、ゴブくんは肩をすくめる。

「仕方ねーさ、姫さまでどうにかできることでもなかったってことだ」

笹川くんは硬く真剣な表情で言う。

「立石さん。俺は魔王を追いかけようと思うんだけど……」

おそらく不利な戦いになると感じているのかもしれない。

正直、勇者の剣をもってしても、あの魔王の瘴気を完全に防ぎきれないようだ。戦いの実力に関しても、何百年も生き、強い力を持つ魔王と、ここ最近戦い出した笹川くんとではかなりの差があるはずだ。

私は廊下へ出ようとする笹川くんの手を掴んで引き留めた。

「笹川くん、待って」

「止めないでほしい、立石さん」

「いやいや、そうじゃなくて。そのまま戦ってもたぶん、魔王に勝てないと思う」

笹川くんもそれは分かっていたのだろう。落ち着いた表情で私を見返した。

「だからって逃げるわけにはいかないんだ」

逃げよう、とか魔王を倒さないで、とか言うつもりはない。幽鬼のようにシルビアを探し続ける魔王を、これ以上見ていられなかった。

けれど私には魔力もないし、剣もない。それでも、止めなければいけない。

私は強く手を握りしめた。

「だからこうしよう、笹川くん」

「……？」

「勝手知ったる我が家……ってね」

ニヤリと笑った私に、笹川くんは顔をひきつらせ、ゴブくんは「笑顔があくどい」と感想を述べた。本当に失礼だと思う。

がらんがらん、とガラクタをかき分けて、私は自室の扉をあけた。

三百年ぶりの私の部屋は綺麗に整頓されていた。中央に一部欠けている透明な棺があり、その中には白い綺麗な花がしきつめられている。

本棚も机も、私がいなくなった時から少しも変わっていない。中央の透明な棺の存在だけが、私の記憶にはないものだった。

「……ここが、立石さんの部屋？」

なぜか少し気後れした様子の笹川くんが、私から数歩遅れて入ってくる。私は振り返って頷く。

「そう。といっても前世のだけど」

笑って私は部屋の奥にあるクローゼットをあけた。私がいなくなった時のままで、手をつけられた様子はない。私はそのクローゼットから一枚のマントを手にとる。

「これを持って行って、笹川くん。このマント、空を飛べるし爆発も弾き返すんだ」

銀のマントは柔らかい光を放っている。シルビア用に魔王が作ってくれた魔法具だ。小物の類もある。私はクローゼットの中の引き出しからアクセサリーをとり出した。

「このフリーサイズの指輪が魔力増幅器。つけると魔力が数千倍になるの。で、このイヤリングは魔力障壁を張れるから、瘴気もシャットアウトできるよ」

「……立石さん、立石さん」

笹川くんは次から次に渡される品物に目を丸くしていた。

「剣はもうあるもんね。じゃあベルトに魔力吸着器をつけよう。数十分吸われ続ければ父さまでもへろへろになるのは前世で実験済みだよ」

私の言葉に笹川くんは曖昧な表情で沈黙している。一体どれだけチートに近い魔法具か、理解したゴブくんも視線を泳がせた。

これらは、何かあった時に身を守る方法のない私を心配した魔王が作った最強の装備セットである。あまりに最強すぎて通常の行動をするだけで被害が出て、結局お蔵入りになっていた。

他にもまだまだある。棚の上から私は小さな箱をとり出した。

「靴は……女物なんだけど一蹴りですさまじい衝撃波を……」

「それはいらない」

さすがにハイヒールは嫌だったようだ。彼は赤いハイヒールを押し返してくる。

「あとは一粒飲むと一カ月は休憩をしなくても平気な錠剤と」

「怪しいからやめよう、立石さん」

「一回足を下ろしたら、もうそこから絶対動けない超強力とりもちシートとか」

「……立石さんが何か青いネコ型ロボットに見えてきた」

頭に手を当てて笹川くんが首を振った。なお、ゴブくんはもはや呆れた顔を隠しもしない。

「……姫さま、えげつねぇな……」

「あるものはやっぱり、使わないといけないと思うんだ」

真顔で話す私に、笹川くんは苦笑しつつ、指輪をはめて言う。

「……いいの？　立石さん」

「うん」

助けてあげたかった。苦しみの中から。

疲れ果てたあの背中を、本当は抱きしめてあげたかったけれど。

「叩きのめしてあげて、父さまを」

泣き笑いの私の頭に、ぽんと手をのせて彼は言った。

「……任せておいて」

＊＊＊

風に流されるようにふらふらと外を飛んでいた魔王は、いつの間にかシシュ村の上空へたどり着いていた。

娘の姿は見当たらない。

そこで彼はふっと手を上げると、迷うこともなく炎と闇を練り合わせた魔球を地面へと放つ。

「――魔王様！」

ところがそれを、同様に力が込められた魔球が弾き飛ばした。

勢いよく弾かれた炎と闇の玉は、遠く飛んでいって王城に直撃したようだ。

だが、彼にとってはどうでもいいことだ。

真っ暗な目をした魔王は、ふらふらと浮きながら自分の邪魔をした男を見る。

「――ザイエン」

「お久しぶりです、魔王様」

飛竜に乗った状態で、ザイエンもまた魔王を見返す。その目は苦しげに細められた。

「私が……お分かりになりますか？　魔王様」

「何を言っている、ザイエン。分かるに決まっているだろう」

しかしザイエンの表情は曇ったままだった。

「では……今、何をされようとしていたのですか？」

はて、と魔王は首を傾げる。自分でもよく分からない。

「娘を……シルビアを迎えに来たのだ。村が見えたが、シルビアはいなかった。シルビア以外の人間など必要ないだろう。だから消そうとしただけだ」

「……駄目だったか」

虚ろに話す魔王の言葉を聞き、沈痛な表情でザイエンは剣を引き抜いた。

「魔王様。お力になれず、申し訳ありません。……私にできることは、もうあなたの苦痛を終わらせることだけです」

魔王は無表情のまま、カクリと首を傾げた。

ふくれあがった二つの魔力が爆発する直前に、ハッとして魔王が自分の胸元を掴む。

「……シルビア⁉」

魔王が胸元から掴み出したのは、黒く鈍い光を放つ勾玉のようなものだった。そこからは瘴気が溢れ出していた。

魔王城を振り返り、彼はみるみる表情を変えていく。

「呼んでいる……シルビア……シルビア⁉」

「……魔王様……！」

ザイエンの叫びが彼の背にかけられたが、振り向くこともせず、魔王は風のように魔王城の方向へ戻っていった。

＊＊＊

笹川くんは、苦笑しながら様々なチート魔法具を身につけた。ゴブくんなんて苦笑じゃ済まない。「えげつない。いやアガラの実の時点で気づいていたけど、姫さまはえげつない」とぶつぶつ言うのだ。

いいじゃないか、勝てれば。せっかくいろいろ道具もあるんだし。

「魔王がどっちのほうへ向かったか分かる？」

笹川くんが剣に尋ねているのを見て、私はポンと手を叩いた。

「あ、父さまの居場所が分かる宝石があったよ！」

その宝石は魔王にもらったものだ。勾玉のような形をしている一対の宝石で、片方を私が、もう片方を魔王が持っていた。魔王の勾玉と二つで一つだそうで、お互いの居場所が分かるのだ。私は死んだ時にも持っていた記憶があるが、その後どこに行ったのだろうか。

私は部屋を見回した。

「……あ！　あった！」

それは部屋の中央に置かれた硝子の棺の中で白銀色の光を放っている。私がそれをとり出そうと棺に触れた途端……棺は、きらきらと透明な光を放って崩れ落ちてしまう。

「立石さん！」

すぐに私の手をぐいと引いて、笹川くんは棺から距離をとった。

ガシャアン、と硝子の割れる音が響く。

「……え。えっ⁉　えええっ⁉」

何もしてない、ホント触っただけなのに！

私はあわあわと崩れ落ちた棺に近づいた。硝子はすでに砂のようにさらさらになっていて、小山になった砂の中に、白銀の勾玉が沈んでいた。

とりあえず魔王の居場所を、と私はその勾玉を拾い上げ、両手で握りしめて目を閉じる。

「……あれ？　父さまの姿が見えない」

勾玉の反応がなかった。視界は真っ暗なままだ。いつもならば魔王の姿が見えるのに、何も見えない。

「今の姫さまには使えないんじゃねーか？」

ゴブくんがそう言うが、そうなのだろうか。いや、使えないと言うよりはむしろ、つながっているはずの魔王の勾玉の様子がおかしいような——

ガシャアアン!!

その時、窓硝子の割れる音と同時に、外から何かが飛び込んでくる。

「シルビア……じゃない!?　何だ、きさまらは!?」

魔王だった。私が手にした白銀の勾玉と崩れた硝子の棺を見て、魔王は怒りの表情を浮かべる。

「触れるな！　娘のものに、誰一人触れるな!!」

どす黒い瘴気をまき散らしながら魔王は仁王立ちで吠える。思わず私は数歩後ずさった。

「……立石さん！」

笹川くんは、私の少し前に出ると鋭く囁いた。彼が向けた剣から虹色の光が溢れ、魔王は動きを止める。

「危ないから、ここから離れて！」

私がいても邪魔にしかならない。頷いて、私はダッシュで部屋を出……かけて、立ち止まる。

何か違和感があった。どこか、魔王の胸元に鈍く光るものに。

「笹川くん！」

私は手の中にあった白銀の勾玉を見た。魔王から視線を逸らさないように、笹川くんが返事をする。

「……立石さん？」

「私の勾玉、父さまの持っているものと対になっているの」

じりじりと後ろ歩きで離れながら、私は叫ぶ。

「まったく同じ白銀色のはずなのに！　父さまの胸元のは、真っ黒になってるの！」

ホブゴブリンとともに千紗が部屋を飛び出た瞬間、虹色の光は力尽きたように消えた。魔王がものすごい速さで、直人に襲いかかる。

魔王が纏う瘴気はすさまじく、その魔力は部屋どころか城を揺るがすほどだ。

直人は足元にあったものを軽く魔王のほうへ蹴って、後ろへ下がる。

「グッ――オオオ……！」

魔王は、直人の数歩手前で動きを止めた。

その姿を直人は見返す。汗が一筋、直人の頰を流れた。

恐怖ではない……衝撃で。

「グウウ……！　ヌオオオ！」

ビタン！　と倒れ込む音がした。

――先ほど直人が足で蹴ったのはとりもちシートだった。それを思いっきり魔王が踏んだのである。動かない足を動かそうとした魔王は、バランスを崩してその場に倒れ込んだ。

こんな魔王退治があるとは。鳥か。

逃(のが)れようにも直人の腰に巻かれたベルトに魔力を吸収されてしまい、魔王は魔法が使えないようだった。

さらに魔王の周りに溢れていた瘴気(しょうき)も、直人のイヤリングの障壁に弾かれ、直人のもとへは届かなかった。

もはや魔王は絶体絶命。

知をこらせば反撃の手段はあったかもしれない。けれど魔王の頭はすでに働いていないらしく、必死でとりもちから逃(のが)れようとする動きしかしていない。

剣は、落ち込んだような声音(こわね)で、直人に尋ねる。

『……勇者様。魔王様を倒す姿を、姫様に見せないために、追い払ったのですか？』

剣の言葉に返事をせず、直人は剣を構えた。

瘴気(しょうき)は、魔王の胸の辺りからわき出し続けている。そこには黒く光る勾玉(まがたま)があった。

「……魔王は、心臓があるの？」

直人の尋ねる言葉に、剣はためらいつつも答える。

終わらせてあげなくてはいけない、その思いが剣から伝わる。

『人型ですので……左胸に』

直人は眉根を寄せた。千紗がいなくなったほうをちらりと見て、呟(つぶや)く。

「……じゃあ——これで、終わらせよう」

魔王は深淵(しんえん)のような真っ暗な目で、剣を振り上げる直人を見上げている。どこかホッとした表情にも見えた。

そうして直人の剣は……魔王の胸元に振り下ろされる。

何かが砕けるような、鈍く鋭い音がした。


すべてが終わった気がした。

私は、かつての自分の部屋に入ってみる。

するとそこには、とりもちシートにくっついたままの魔王が倒れているではないか。何でやねん、と思わず関西人のようにつっこみかけた。

「……笹川くん」

「うん」

「私、思いっきり泣こうと思って入って来たんだけど、すさまじく意表をつかれたよ」

「言っておくけど、これは立石さんが使えって言って渡した道具だからね⁉」

つっこむ彼の声も、どこか元気がない。

私は横たわった魔王のそばに座る。彼の周りには、黒い勾玉(まがたま)が砕けて破片が散らばっていた。

魔王ONとりもち。こんなんじゃ泣けない。泣けないったら。

鼻の奥がつんとなる。泣けない、と口に出そうとしたのに、出て来たのは嗚咽(おえつ)だった。

「……っ、父さま……！」

私は、顔を覆(おお)って泣いた。

＊＊＊

――どこかで、泣く声がする。

いつだったろう。魔王と王国が争い、国境近くの小さな村が戦火に消えた。

魔王がほんの気まぐれに立ち寄った村の焼け焦げた家のそばで、幼い娘が泣いている。

「お父さん……お母さぁん」

よくある出来事だ。魔物と兵士の戦いに巻き込まれて亡くなるものは多い。

両親の後を追わせてやろうかと、魔王がその手に炎を宿した時、少女は振り返った。

六歳ほどのその少女は、魔王を見て目を見開く。

さて、叫ぶか泣きわめくか、と魔王が笑みを浮かべて少女を見ていると――

その少女は、ぱっと輝くように笑った。

「……お父さん！」

少女の言葉に魔王はぽかんと口をあける。

どこをどう見れば、真っ黒な衣に包まれ、頭に白銀の角を生やした男が父に見えるのか。少女の銀の髪はすすで黒っぽくなっているし、泣いたせいで目は真っ赤になっているが、どう見ても黒髪黒目の魔王とは似ていない。

「お父さん、お父さん……！」

しかし、立ち上がって少女はよろよろと駆け寄ってきた。魔王は慌てて手にしていた炎を消す。そして消した自分に苛立った。

何をしているのだ。しょせん目の前にいるのは人間の娘。燃やして死なせてやったほうがよほど親切だろうに。

「お父さん！」

ひしっと彼の足にしがみついて、少女は離れなかった。その小さな手を引きはがすこともできずに魔王は硬直した。

「魔王さ……おっと、こりゃあ面白い光景ですなぁ」

そこにひょこっと顔を出したのが側近のザイエンである。自分の威厳が台無しになってしまう、と魔王は少女がしがみついた足を急いで振った。

「こ、こら！　小娘！　私は父ではない！　離せ！」

しかしどこからそんな力が出ているのか、その足は少女にがっちりと抱えられている。

楽しげに見ていたザイエンが、助け船を出す。

「仕方ないですなぁ。ちょっと足が燃えますが、魔王様ご勘弁を」

「私の足ごと燃やそうとするな‼」

まったくこいつは、と魔王は吐き捨てる。

助け船ではなかった、泥船だ。

ザイエンはけらけらと笑うが、何をしようという様子もなく少女がひっついた魔王を楽しげに見ている。その間も、少女は魔王の足を離さない。

「……おい、小娘。父はどうした。私ではないぞ」

「……お父さんは」

少女は紫の目を、魔王へ向けた。その目に映るのは戸惑った魔王の姿。

「いつか迎えに来てくれるって、先生が言ってた。いい子にしてたら、来てくれるって」

だから来てくれた！　とやっぱり足を離さない少女。

ザイエンは「ここは児童養護施設のようですな」と焼け焦げた周りを見ながら言った。

なるほど、両親を亡くしたか捨てられたかした少女は、施設の先生とやらの言葉を信じたのだろう。そこに魔王が来たから、単純に父と思ったようだ。

……いや、無理があるだろう、と魔王は思った。

「おい、小娘。どこをどう見たら私が父に見えるというのだ」

真っ黒な姿の魔王であり、角だって生えているのに。

少女は見上げたまま、笑った。

「見つけてくれた」

その澄んだ目は、無邪気に彼を見上げている。

「一人で怖くて、泣いていた私を、見つけてくれた」

だから私のお父さん、と魔王の足に頬をすり寄せて、彼女は再び笑った。

「……小娘」

冗談ではない、と足を振り払って燃やしてしまえばよい。人間なんて、彼にとっては邪魔者でしかないのだ。

しかし魔王はその少女の襟首を掴むと、目の前にぶらんと吊るした。少女は小首を傾げて魔王を見る。

「ふん……小汚い小娘だ。いいか、私を父と呼ぶのは百年早い。私が誰だか知っているのか？　魔王だ。魔王というのはこの世界に唯一の存在でな、新たな魔王が生まれるまで死ぬことはなく……」

「魔王様、魔王様」

こんこんと説教しようとしていた魔王の肩を、ザイエンがつつく。

「何だ！　ザイエン！　私は今、小娘に物の道理というものを……！」

「道理はいいですけど、顔が青紫になっていますよ。その子」

「うわあああああ!!」

襟首を引っ張る形で吊られて、少女の首は絞まっていた。息が止まりかけた青紫色の顔で少女はおとなしく吊り下げられている。

「ば、馬鹿か、小娘！」

驚いて魔王が手を離すと、少女は地面に落ちてしまった。痛みと息苦しさに咳き込みつつ、少女は泣き出した。魔王はさらに慌てて叫ぶ。

「な、泣くな！　小娘！」

「……っく」

魔王に泣くなと言われ、少女は涙目で一生懸命に我慢しようとしていた。本当に馬鹿だと魔王は思った。そしてため息をつく。

「……小娘、名前は？」

「……シルビア。……お父さんは？」

「ふん、魔王ともあろうものが『さん』などと呼ばれてたまるか。どうしても呼びたければ、そうだな……父さまと呼べ」

「うん。父さま！」

ぱっと顔を輝かせる小娘……シルビアは、ぴったりとまた魔王の足にしがみつく。

しまった、と思った時にはもう遅い。認知してしまった。

ふむふむ、とザイエンが頷く。

「なるほど、父さまですか。なーるほど」

「ザイエン。それ以上何か言ってみろ。この一歩も動けない状況を味わわせるために、貴様にとりもちを仕掛ける」

「どんな脅しですか、それは」

後日、魔王が作ったとりもちの魔法具を見たザイエンは、「……まさか本気とは」と呟くことになるのだが。

魔王は再びため息をつくと、今度は首が絞まらないように少女を抱き上げた。少女はひし、と彼にしがみつく。

「仕方ない、連れて帰るか」

「魔王様も気まぐれですなぁ」

どうせすぐに飽きて殺してしまうでしょうに、と言いながらザイエンは魔王と娘についてその焼け焦げた村を後にする。

——それからの十年は、あっという間に過ぎていた。

親子ごっこなどすぐに飽きると思っていた魔王は、気づいたらそんなにも時間が経っていたことが信じられなかった。娘は自分を父と慕い、こぼれるような笑顔を向けてくれる。

そしてすくすくと成長し、少女から大人の娘になっていった。

人間の生はとても短い。百年生きられるかどうかも怪しい。自分より先にシルビアが死ぬことは分かっていた。

「魔王様。姫さんが死ぬことを想像して、おいおい泣きわめくの、やめてくれませんかね」

度々酒につきあわされるザイエンから呆れた様子で文句がくることもあったが、彼は心の準備をしていたのだ。

娘はやがて美しく成長する。できることなら短い人生を幸せに過ごしてくれればいいと思っていた。

が、彼氏は作らせない。断固として作らせない。彼女の周りに現れる男どもは全員叩き殺そうと、魔王はひそかに決めていた。

シルビアに何かあってはいけないと、魔王は自分の角を切って加工し、彼女のお守りとして渡しておいた。白銀の勾玉だ。一対となったそれで、お互いの位置を知ることができる。これで何かあっても娘の居場所をすぐ知ることができるし、駆けつけられる。

　魔王の執務室で勾玉を見せられたザイエンは「……そこまでしますか」とどん引きしていた。魔王は「うるさい黙れ」と言い返す。

「お前だってシルビアを可愛がっているくせに、この変態が」

　魔王に言われたザイエンは肩をすくめる。

「変態と言われましても。まだ何の手も出してないじゃないですか」

「うるさい！　まだとか言っているあたりが怪しいんだ！　やらん、断じて娘はやらんぞ！」

「少しは娘離れしてくださいよ、魔王様」

　ザイエンは呆れ顔だ。そこにシルビアが顔を出して、頬をふくらませる。

「またやってるの？　二人とも喧嘩しないでよ」

「喧嘩ではない、変態退治だ」

「馬鹿親に退治されるほど弱いつもりはないですがね」

「もう！　やめてってば！」

　日常的に起こる彼らの喧嘩を、時にシルビアはなだめたり怒ったりしていた。彼らの間にはいつも温かで優しい光があった。シルビアという光だ。

　その十年の間、魔王は、どんな風にも当てず絹の布でつつむように、シルビアを愛おしんだ。

　彼女の幸せな人生が突然奪われるなんて、あってはならない。そんなこと、ありえるはずがないのだ。そう思っていた。

しかし彼の愛し子は、突然奪われてしまった。

魔王が彼女を見つけた時には、すでにシルビアの人生は終わろうとしていた。魔王は震える手で倒れた娘を抱き上げる。

娘は鳥の羽のように軽かった。彼女の命が消えかかっていることを、示すかのように。

「父さま、育ててくれて……ありがとう」

その白い手が少しだけ魔王の手を握りかえして、ぱたりと落ちる。

嘘だ、夢だと彼は思った。娘を抱きしめて声にならない声で叫ぶ。絶望と怒りと悲しみと、消えていく幸せな思い出が、魔王の胸をどす黒く染めた。

瘴気(しょうき)が彼の周りに溢れていく。彼の胸にぶら下げていた白銀の勾玉(まがたま)が、その瘴気(しょうき)を吸い込んで真っ黒に染まった。

――そうだ、これは夢だ。

現実を認識することを拒んだ魔王に、真っ黒な勾玉(まがたま)が囁(ささや)く。

――娘を連れて、城へ戻ろう。幸せな夢を見続けるために。

その声とともに、魔王の意識は終わらない夢の中に閉じ込められたのであった。

――父さま。

泣いている娘の声を聞くのは、ひどくつらい。

魔王は薄く目をあけた。胸の辺りに鈍い痛みが走る。そしてなぜか身動きがとれなかった。

横たわった魔王のそばで、彼女が泣いている。顔を覆(おお)って泣きじゃくっていた。

「……シルビア」

まったく、いつまでも泣き虫な娘である。もう十六歳にもなるというのに。また怖い夢でも見たのか、それともザイエンに叱られたのか。

あいつは「俺ばっかり嫌われ役を」とぶつぶつ言いながらも、シルビアの面倒を見てくれていた。なお、父は嫌われるのが嫌なので叱りはしなかった。もちろんザイエンには文句を言われたが、聞こえないフリで乗り切った。

魔王は横で泣いているシルビアの頭を撫(な)でようとするも、なぜか手が動かない。視線だけ動かして頭の横を見ると、何と、とりもちがついていた。

理解不能である。もしかしてシルビアがいたずらをしたのだろうか、と魔王は眉根を寄せる。

何ということだ。くっついてしまっている髪の部分は切るしかない。ハゲる。くそっ、父は断固としてハゲにはならんと誓ったのに！　シルビアの格好良い父でいたかったのに！

「……シルビア」

説教は後でザイエンにさせよう、と魔王が声をかけると、シルビアは驚いたような表情で固まっていた。

……ん？　シルビアの髪と目の色が変わっている。まさか染めた!?　いつの間に！

……しかしシルビアは黒髪も黒目も似合うな、と親馬鹿機能搭載の魔王はその姿に目を細めた。

よく見るとシルビアの顔立ちも違っている。どういうことだろう。

髪も目も顔立ちも違えば、別人でしょうが、と脳内のザイエンが呆れ声でつっこんできた。

ふっ、お前はまだまだ修行が足りないな。髪も目も顔立ちも声も、何もかも違っても父は気づける自信がある。これぞ父の愛だ。

「シルビア。ザイエンを呼んでくれ。このとりもちをどうにかせねば」

「……父さま？　私が分かるの？」

「当たり前だろう。なに、怒ってはいないので安心するがよい。八つ当たりの相手は常にザイエンだ」

「父さま……父さま!!」

黒髪のシルビアが抱きついてきたので魔王は慌てた。

馬鹿者が！　とりもちにシルビアの肌がくっついたら大変ではないか！　無理矢理とると肌が荒れるのだ。それに髪の毛にくっついたら切らなくてはならなくなる。かわいそうだろう！

「おい、ザイエン！　シルビアを離してやれ！　ついでに私もとりもちから外せ！」

魔王はそう怒鳴ったが、いつもそばにいるはずのザイエンがいない。

まったく、側近のくせに何をしているのか、と魔王が腹立たしく思っていると、泣きじゃくるシルビアの肩を掴んで引き離したものがいた。

「立石さん、とりもちにくっつくよ」

「笹川くん……！」

娘は泣き笑いの表情をその男に見せた。男はそっと娘の涙をぬぐう。

照れたように笑う娘を見て、ピーン、と直感が不穏な気配を送ってきた。

間違いない、娘を狙う男の出現だ!! くそっ、こんな大事な時に身動きがとれんとは!! 魔力を放出しようにもできない。なぜだ? そこの小僧が何かしたのか!?

「おいザイエン! ザイエン!?」

「……魔王様」

魔王の頭の脇に、側近が膝をついた。

遅い。呼んだらすぐに来いと思いつつ、魔王は叫ぶ。

「ザイエン、あの小僧をシルビアにばれないように裏で抹殺しろ! 彼氏など百年早い!!」

「叫んでいる時点でばれてます、魔王様。そして百年は……もうとうに過ぎましたよ」

泣きそうなザイエンの顔がそこにあった。めずらしいものだ、と魔王は面食らう。

「どうしたザイエン。衣装棚に小指でもぶつけたか?」

「あなたは……まったく」

ザイエンは怒ったような泣きそうな声で言うと、立ち上がる。

早くとりもちから外せ! という魔王のわめきを無視して、ザイエンは小僧に声をかけた。

「おい、勇者。お前、一体何をした?」

ふてくされている様子の魔王をちらりと見て、勇者と呼ばれた男は言った。

「魔王の胸のところにあった勾玉の宝石を砕きました」

勾玉の宝石？　と魔王は首を傾げようとしたが、頭はべったりととりもちにくっついている。

「勾玉って……これ？」

シルビアが手の平に白銀の宝石をのせて、小僧に問いかける。

おい、話すな！　近寄るな！　しかもその宝石、私の角を加工したやつじゃないか！　くそう、小僧、手にとるな！

「うん。魔力も瘴気も、心臓からじゃなくて、胸元の真っ黒な勾玉から溢れていたんだ。たぶんそのせいで魔王は正気を失っていたんだと思う」

魔王には彼らの言っていることは分からないが、胸の辺りがズキズキと痛んだ。

これはあれだ、彼氏っぽいものが出現した痛みだろう。死ぬ、父は死ぬ。娘に恋人ができたとか言われたら死ぬ。

そっと魔王の隣にかがみこんだ娘は言った。

「父さま」

「どうした娘よ。娘は彼氏なんていらないよな、な？　シルビア」

彼氏がいると言われたら死のう、と思いながら聞く魔王に、彼女はそっと顔を伏せる。

「今はシルビアじゃないの。あのね、父さま。私が死んで、もう三百年も経っているんだよ」

「……？」

彼女の言葉に、魔王は目を丸くした。

＊＊＊

すさまじい勢いで、自動掃除機が私達の足元を走り回っている。ビー、と走り抜けた後の床が白くなった。

「早く綺麗にせんか！　まったく、何だこのゴミ屋敷は！」

ぷんすか怒るのは魔王である。かろうじて座れる程度になった大広間のソファに魔王は座り、そして私を隣に座らせていた。

とりもちシートはザイエンがとってくれたのだが、一部髪を切らざるをえなかったらしく、魔王は哀愁を漂(ただよ)わせていた。

私の頭をがっしり掴む魔王の左手が、断固としてこの手を離さないというオーラを出している。

私達の向かいに座るのは笹川くんとゴブくんで、魔王の斜め後ろにザイエンが立っていた。

私は隣の魔王を見上げると、半眼でつっこんだ。

「ゴミ屋敷にしたのはたぶん、父さまよ。自動掃除機をひっくり返したでしょ」

「うむ、記憶にはないが……何か邪魔なものが足元にあったので蹴った気がしなくもない」

「それ記憶にありますよね、魔王様」

呆れ顔でつっこむのはザイエンである。

魔王が正気をとり戻した時に、ザイエンの頬(ほお)に光るものが見えた気がした。私がじっと見つめていると彼はさっと自分の頬をぬぐってしまったが。

魔王はじろりと笹川くんを見た。

「で、お前が勇者か」

「笹川直人です」

ぺこり、と頭を下げる笹川くんに、魔王は超不機嫌顔である。

「私を正気に戻したことは褒めてやろう。しかしそれとこれとは別である。私はどのような男も認めんのだ‼」

「まあまあ、魔王さま」

ゴブくんがなだめようと声をかけた。

「もちろんホブゴブリンも認めん！」

「俺は別に何も言ってません」

呆れ顔のゴブくんを睨み、魔王はふんっと鼻を鳴らす。私は頭を掴む魔王の手を押し返して尋ねた。

「それはいいから、父さま。魔法陣を消す方法を知らない？」

そもそも、ここに来た重要な目的の一つがそれだった。

私の言葉に、魔王は満面の笑みを浮かべる。

「そうだな、シルビア。やはり最後に頼れるのは父だよな！」

そして何だろう、魔王のこのちょいウザ感。

流した涙がすっかりと乾いてしまった私は、ザイエンに視線を向ける。ザイエンは「無理無理。今魔王様、超機嫌良いから」と投げやりに手を振った。

えへん、と咳払いをして魔王は言う。

「そこの小僧がつけている帯革があるな？　それは魔力を吸い込むものだ」

「小僧じゃなくて笹川くんだよ、父さま」

「よってその小僧が帯革を使えば、そうだな……魔力増幅の指輪もあるし、魔法陣を吸い込むことが可能になる」

断固として笹川くんを名前で呼ばない魔王である。

「大人げないですよ、魔王様」とザイエンがつっこんだが、「知ったことか」と魔王はふんぞり返った。

大人げない魔王は放っておこう、と私は立ち上がる。

ベルトと指輪で魔法陣が吸い込めるなら、善は急げだ。毒水が流れる川をどうにかしなくてはいけない。

「じゃあ早速、湖の魔法陣を吸い込みに行こう！　笹川くん」

立ち上がった私の肩を掴んで、魔王は再度ソファに座らせた。

「何？」

首を傾げる私を魔王はじっと見つめる。そこに笹川くんは声をかけてきた。

「とりあえず俺、湖に行ってくるけど……」

「あ、私も――」

「う……ううう！」

しかし私の言葉は途中で遮られた。魔王が苦しげにうめく。もしやまた正気じゃなくなったとか、と慌てて私は魔王に向き合った。

「父さま！　どうしたの!?」

「ううう……！　三百年分の娘不足で死んでしまいそうだ……!!」

「……」

何だろうこの、「死ねば良いんじゃないかな」とつっこみたい気持ち。

私は半眼になりながらも、魔王を置いて行ったら面倒くさいことになりそうなので、笹川くんに目配せで「行ってきて」と伝える。彼は片目を閉じて、「了解」の意を伝えてきた。

それを見とがめた魔王が笹川くんに怒る。

「何だ小僧！　目でもかゆいのか！　悪化するが魔力で治療をしてやろうか!!」

「もう父さま、いいかげんにして!!」

ついに魔王を労ろうという気持ちよりもイラッと感が勝った。

私の怒鳴り声すら魔王は笑顔で聞いている。呆れ顔のザイエンと聞こえないフリのゴブくんは、私に同情の視線を送ってきた。

同情するならこのハイテンションな魔王を制するのを手伝ってほしい。

「じゃ、行ってくる」

そんな私達の姿を笑って見ていた笹川くんは、荒れた庭園に出てから空を飛んでいった。

さっそうと立ち上がって、城の門の鍵をかけようとする魔王を怒りつつ、私は彼の消えた空を見上げる。

いつの間にか、魔王城を取り巻いていた真っ黒な闇は消え、夜の空にはいくつもの星が瞬(またた)いていた。


湖の魔法陣は、あっさりと解除できた。

直人の身につけた指輪が魔力を増幅し、毒をまき散らしていた紫の魔法陣はすうっと彼の腰のベルトに吸い込まれていく。

まさか魔王城ですべての問題が解決することになるとは、思いもしなかった。

しかし、千紗がいなければ直人に魔王は倒せなかっただろう。

彼女が鍵だったのだと改めて思う。

今のデレデレ状態の魔王ですら、周りに漂(ただよ)う魔力は他の追随(ついずい)を許さない。直人も魔法具のベルトがなければ魔王の勾玉(まがたま)を破壊することはできなかったかもしれない。

「和平で済んで良かったの……かな？」

独りごちる直人に、剣は鈴の音のように笑う。とても嬉しそうな声だった。

『良かったのだと思いますよ、勇者様』

そして、剣は優しく告げる。

『そのベルトを使えば、おそらく勇者様達を召喚した魔法陣も吸収できると思われます。魔法陣の力で勇者様はこちらの世界に存在し続けられていたのですが、それがなくなれば……元の世界へ、帰ることができるでしょう』

「……！」

半分くらい諦めていたので、その言葉に直人は息を呑んだ。

しかし、千紗が帰るのを魔王が承諾するとは思えなかった。直人が帰るのは諸手をあげて大賛成するだろうが。

「いいのか？　君は、魔王の味方じゃなかったのか？」

クスクスと剣が笑う気配がする。

『もちろん味方ですよ。そして魔王様を救ってくださった方に、お礼をしないわけにはいきません』

「……そっか」

直人は頬をゆるませる。

剣の心遣いが嬉しかった。そして、帰るか帰らないかでいえば、帰りたい。

彼にとってこの世界はあくまでも異世界。両親も友達も、元の世界にいる。きっと彼を心配しているだろう。

ただ、心掛かりが一つある。

「立石さんは……どうするかな」

彼女にとってこの世界は、あまりに関わりが深い。前世の住み処であり、彼女の父や友もいる。彼女がここに残ろうと思ったとしても不思議はない。

『魔法陣を吸収すればお二人とも元の世界に戻されますが、その耳飾りで魔力障壁を張って、戻らないという選択もできます。ただし魔法陣は、一度吸収してしまったら消えてしまいます。つまり、勇者様一人で帰るか、姫様を説得して二人で帰るか、ですね。……あ』

訂正します、と冷静な口調で剣が言った。

『説得する対象は姫様ではなく、魔王様です。何としてでも勇者様を追い払いつつ、姫様を残そうとするかと』

「……だろうね」

その情景を容易に想像できて、直人は苦笑する。

三百年の渇望の末に、魔王は最愛の娘に会えたのだ。それを連れて帰るなんて言った日には……

「殺される気がする」

『……』

剣は何の慰めの言葉も発しなかった。リアルである。

『ただ……どのような結果になろうとも、魔王様は姫様の意思を心もち尊重しておられるかと思います』

「その心もちっていうあたりがミソだね」

必ず尊重するとは限らないところが彼の命の危険性を示している。

何にしても、一度彼女と話さなくてはいけない。自分と一緒に戻るか……離ればなれになるかを。

彼女がともに戻ることを断ったら、元の世界に戻った直人は千紗と二度と会うことができない。

それを想像すると、彼の胸の奥がチリリと疼く。

「――いっそ、さらっていってしまいたいくらいだけど」

ぽつりと呟く直人に、剣は淡々と告げた。

『姫様の意思を無視して連れて行ったら、そこがたとえ地獄の果てであろうとも、魔王様が殺しに来ると思います』

「……」

だろうな、と直人は苦笑した。


ところが、千紗の返事はあっさりしたものだった。

「え、日本に帰れるの!? やったー!! 帰ろう！」

ぴょんぴょんと両手を上げて彼女は飛び跳ねた。その姿を見て、直人は知らず止めていた息をはく。

迷うこともなく戻ろうと言ってくれたことに、直人はホッとした。

「そっかー、戻れると思ってなかった。嬉しいなぁ……って、あああ!!」

喜んでいた彼女は、ハッと真顔になる。

「……ねぇ、笹川くん。……二学期の中間テスト……」

「あっ……！」

直人もまた真顔になった。

聞こえなかったことにしたい。過ごした時間を考えると、間違いなく中間テストは終わっている。先生に休んだ理由を聞かれても何も答えることができない。

頭を抱える千紗に、直人は少しためらってから尋ねた。

「でも、いいの？　立石さん」

こんなにさくっと決断して、魔王のほうはいいのだろうか。この世界に未練はないのだろうか。

しかし彼女はきょとんとする。

「え、何で？　だって笹川くんは帰るんだよね？　一緒に帰るよ」

「……」

時々、彼女の言葉の意味を深く掘り下げて尋ねたくなってしまう。

しかし、残念ながら今は聞くことのできる雰囲気ではなかった。なぜなら二人きりではないからだ。

「……じゃあ、いかに魔王様をだまくらかすか、だな」

真顔で作戦会議を始めるのはザイエンだ。

魔王城の大広間、ここには直人と千紗だけではなく、ザイエンとホブゴブリンもいた。

「魔王さまは姫さまが戻ってきたせいか、かつてないほどの喜びようで、一生懸命に魔王城を掃除している」

彼らの罪悪感をざくざくと刺激してくるホブゴブリンだ。

千紗は引きつった笑顔で固まった。そんな彼女に直人は妥協案をあげてみる。

「……やっぱりあと一カ月くらい滞在してから、帰る？」

「笹川くん、期末テスト」

「……すぐ帰ろうか」

彼らは顔を見合わせて頷(うなず)いた。

中間のみならず期末まで受けられなかったら、高校生にして留年も見えている。彼らの高校では、赤点を三回とったら留年だ。すでに中間分の一回は消費していた。危険である。

「あと、父さまは、たぶんもう大丈夫」

千紗は花が綻(ほころ)ぶように笑う。

「私がどこかで元気にしているなら、目の前にいなくてもいいって思ってるよ」

彼女の言葉に頷(うなず)きつつ、ザイエンはつけ加える。

「問題は、そいつと一緒に帰ることに対して、すさまじく大反対するだろうってことだな」

「結局最後まで魔王にとって、俺は敵なんですね」

直人が苦笑すると、ザイエンは肩をすくめた。

「仕方ねぇだろ。魔王城の宝物を持って行こうってんだ。散々罵(ののし)られるつもりでいろ」

指輪やイヤリング、マントやベルトを持っていたままの直人は、たしかにと納得する。

「魔法陣を吸収するのに必要なのは指輪とベルトだけみたいなので、他の物はお返しします」

「馬鹿、宝物はそれじゃねぇよ。分かるだろうが。いらないなら返せ。俺がもらう」

呆れ顔のザイエンである。なるほど、と直人は理解して首を横に振った。

「いりますし、返しません。連れて行きます」

ザイエンは「なら仕方ねぇな」と笑う。その視線は千紗に向けられると柔らかくなった。彼もまた、どこか遠くででも彼女が幸せでいるのならば、それで良いのだろう。

宝物……もとい千紗は、立ち上がった。

「善は急げ、ならぬ説得は急げの状態だからね。笹川くん、さっそく行こう」

「……俺が殺される気がする」

「あはは、まっさかー」

そう言って笑う千紗ではあるが、彼女以外の全員が真顔で頷いた。

＊＊＊

説得はそれから半月近くかかった。

最後はもう私が泣き落としで「帰らないと留年しちゃう！」と叫ぶと、渋々……本当に渋々と魔王は頷いた。

「ならばシルビア……いや、千紗だったな。次に会ったら、父と出かけたり遊んだりするのだぞ！」

「……うん、分かった。父さま」

次が来るはずがないのは分かっていたけれど、それでも約束をするだけで、また会える気がした。

そうして私達は王国の魔法陣——私と笹川くんが召喚された場所に向かった。

指名手配されていた私達が堂々と王国へ行けたのには理由がある。

半月前、どこからか飛んで来た黒い魔力の玉が王城に激突し、メタボ王は大怪我をしたらしい。

「誰の仕業でしょうねー」とザイエンは笑っていた。「全然分からんなー」と魔王も笑っていた。

犯人は——いや、言うまい。

グレンもまた、何とか毒消しが間に合い命はとりとめたものの、シシュ村に毒をまいたと非難囂々で、結局王位継承権は放棄させられたようだ。王が大怪我をしてその権力を使えなかったという理由が大きいだろう。今は南の塔に閉じ込められているという。

すると今、王国で残っているのは第一王子フィリップのみであった。

以前魔王城の鍵をくれて「することがある」と言っていた時、ザイエンは王国に戻っていろいろと後始末をしていたらしい。

しれっとフィリップの皮を被ったまま、ザイエンが様々な手配をしてくれて、私と笹川くんの指名手配は解かれた。そして堂々と、王国の魔法陣の前に立つことができたのだ。

制服に着替えた私に、魔王は次から次へと話しかけてくる。

「千紗よ、手紙を書くのだぞ。勉強はしっかりな。お菓子ばかり食べてはいけないぞ。小僧には気をつけろよ。何かされそうになったら、いつでも呼ぶのだぞ」

結構な言いぐさに、笹川くんもフィリップ姿のザイエンも呆れ顔である。

ちなみに外見を偽れないゴブくんは見送りに来られなかったが、帰る日の朝に魔王城で「本当にいろいろありがとう」と半泣きの私に「友達だったらそれくらいするだろ」とぶっきらぼうに言ってくれた。さらに泣いた。笹川くんも勇者の剣との別れを済ませたらしい。剣は魔王城に残るそうだ。

帰る前に正体を明かしたため、見送りにはおかみさんとローラさんも来てくれた。おかみさんは笑顔で私を抱きしめる。

「シシュ村の川も元通りだよ、ありがとうね。気をつけてお帰り、チサ、ナオト」

「お元気で、チサさん」

ローラさんも微笑(ほほえ)んで言う。

「二人とも、ホントにありがとう」

ちなみに、魔王は王城で知り合った人ということにしている。ちょっと真っ黒な服装と青白い顔をしているが、人型なので何とかごまかせている……ような気がした。

「じゃあ、行きます」

笹川くんがベルトに魔力を集め出した。神殿の床いっぱいに広がる魔法陣が、どんどんと吸い込まれていく。それと同時に、私と笹川くんの周りの空気がゆがんでいった。

フィリップの姿をしたザイエンの笑顔が揺れる。魔王の泣き顔も。手を振るおかみさんと、ローラさんの姿も。

ぎゅっ、と隣の笹川くんが私の手を握った。

「俺が、いるから」

「……」

「ずっとそばに、いるから」

頬の涙をぬぐうと、私は微笑む。

「うん……ありがとう、笹川くん」

私がその手を握り返した時、周囲の景色は完全にゆがんで消えた。

# エピローグ

気づいたら、学校の自転車置き場だった。

私と笹川くんは、目を瞬かせて左右を見回す。遠くから部活に精を出す人達の活気ある声が聞こえてくる。

一体何日の、何時だろうか。夕方のような空だが。

二人で顔を見合わせていると、私の背に声がかけられた。

「ちょっとぉ、千紗～」

舞子だった。ゆったりと歩いて来た彼女は口を尖らせている。

「遅いよぉ。千紗ったら鍵を渡しに行ったまま、全然帰って来ないんだもん」

ということは、もしかして？

「舞子、今日は何月何日!?」

「え？　ええ？」

問い詰める私に、舞子は戸惑いながらも日付を答えた。それはあの日……異世界に行った日のままだった。

時間が止まっていたようだ。それならば……

「やったぁ!! 中間まだだぁ!! 笹川くん、時間が止まっていたっぽいよ!!」

「助かった!! 家に何て言い訳をしようかと思ってた!」

喜び合う私達に、舞子は困惑顔だ。

「ちょ、千紗! 何を……って、ああ、なるほど」

にんまりと舞子は笑った。

「ごめんごめん、お邪魔だったのね」

「へ?」

「だってほら……手」

舞子に言われて、はたと気づく。喜び合う私達は、自然と両手をつないでいた。

パッと手を離して、私と笹川くんはお互い顔を赤らめる。

いや、違う! あちらでは何だかんだでよく手をつないでいたからであって、他意はないのだ。ないったら!!

「ひゅーひゅー、じゃああたし、先に帰ってるから」

「ちょ、ちょっと舞子!! 待って!」

「何よ。千紗、あたしと帰るの?」

去ろうとした舞子が私を振り返るが、私はぐっと言葉に詰まった。

ぶっちゃけ笹川くんと帰りたい。いろいろなことを話したい。異世界の記憶が、薄れる前に。

「決まりね。じゃ、そういうことで」

返事のない私に、あっさりと手を上げて舞子は去って行く。

大変気の利く友人であるが、後日、根掘り葉掘り聞かれることは確定した。

私は隣をそっと見上げる。お互いの頬が赤いのは夕日のせいだ、と私は自分の頬を両手で包む。

笹川くんは小さく笑って私に言った。

「……帰ろうか」

「……うん！」

私達は帰り道で、記憶をなぞりながらも未練を吹っ切るかのように、向こうの世界の話をする。

ちなみに魔王やら勇者やら言っていたせいで、すれ違った小学生達が「見ろよ、あれが中二病だぜ」と言ってきた。ひどい。


私達が異世界から戻って来て、しばらく経ったある日。ピンポーン、と我が家のチャイムが鳴った。

「千紗ー、今手が離せないからちょっと出てー」

「はーい」

母に促されて私はサンダルをつっかけつつ、扉をあける。

「はーい、どちらさ……」

そして私は絶句する。

見覚えのある黒衣と、青白い顔がそこにあった。全開の笑顔で、彼は菓子折りを差し出す。

「と……父さま!?」

「はじめまして。三軒隣に引っ越して来た、マ・オーです」

「それは無理がありすぎる！」

思わず私の口からつっこみが飛び出した。

「俺もそう思う」と魔王の背後で呟(つぶや)くのはザイエンである。何でまた二人とも、という私の視線に応じてか、ザイエンは言った。

「魔王様がな……、娘が来られないなら私が行けばよかろうと、新しい魔法具を作り出して……」

「……」

何という無駄な才能。私は二人を半眼で見返した。

「俺は止めた。ちゃんと止めたからな。魔王様が小僧撲滅と言いながら俺ごと引っ張って来ただけだ」

ザイエンはもはやお手上げとばかりに肩をすくめた。

「……父さま」

「何だ？　……っいやいや、違う違う。私はマ・オーで……」

「笹川くんに何かしたら、二度と口をきかないからね!!」

「何だと!?　くそ、あの小僧め！　娘をたぶらかしたな!!　ぶち殺……」

じとっ、と私が半眼で睨(にら)むと、魔王は怯(ひる)んだ。

「……娘よ」

「何ですかマ・オーさん」

「今のは冗談だ、冗談」

私の睨(にら)みをゆるめようと、必死で彼は話を逸(そ)らそうとする。

「娘よ。再会したら父と出かけたり遊んだりすると約束したな。休みの日に出かけよう！　いろいろ買ってやるぞ！」

なるほど、それで私が日本へ戻ることを許したのか。すでに異世界にいた時からの計画だったのかもしれない。

私は半眼のまま、魔王に告げた。

「次の休みは駄目。笹川くんと出かける約束してるから」

「……やっぱり、あの小僧ー!!」

怒りに吠(ほ)える魔王の声が、同じ町内だった笹川くんの家まで響いたそうだ。

先生には、別の顔がある――
放課後アンデッド
茨芽ヒサ
Presented by
HISA IBARAME
コミックス大好評発売中！
学校が退屈で、アルバイトに精を出している女子高生・なつめ。そんな彼女はある日、バイト先で暴漢に襲われそうになってしまう。ピンチの時に現れたのは、学校の人気教師・世名(よな)だったが、彼は暴漢に刺されてしまった。慌てて世名の手当てをしようとするが、彼の傷はなぜか消えていて……!?
放課後アンデッド
茨芽ヒサ
女子高生×高校教師
先生には、別の顔がある――
あたしはその秘密を知ってしまった。

**かなん**
2003年からWebで執筆活動を始める。2014年、「好感度が上がらない」にて出版デビューに至る。
HP「RIPPLE」
http://ripple.parfe.jp/

**イラスト：gamu**

二度目(にどめ)まして異世界(いせかい)

かなん

2016年12月5日初版発行

編集－瀬川彰子・羽藤瞳
編集長－塙綾子
発行者－梶本雄介
発行所－株式会社アルファポリス
〒150-6005 東京都渋谷区恵比寿4-20-3 恵比寿ｶﾞｰﾃﾞﾝﾌﾟﾚｲｽﾀﾜｰ5F
TEL 03-6277-1601（営業） 03-6277-1602（編集）
URL http://www.alphapolis.co.jp/
発売元－株式会社星雲社
〒112-0005東京都文京区水道1-3-30
TEL 03-3868-3275
装丁・本文イラスト－gamu
装丁デザイン－ansyyqdesign
印刷－大日本印刷株式会社

価格はカバーに表示されてあります。
落丁乱丁の場合はアルファポリスまでご連絡ください。
送料は小社負担でお取り替えします。

ISBN978-4-434-22704-2 C0093